BABBA KİTAP

"SÜPER BABA"NIN ALET ÇANTASI

ALKIŞ VE KAHKAHA GARANTİLİ OYUNLAR, SİHİRLER, ŞAKALAR

IAN COUTTS

domingo

domingo

BABBA KİTAP
Ian Coutts

Özgün ismi: Dadzooks © 2008 Elwin Street Ltd, 144 Liverpool Road, London, www.elwinstreet.com

Çeviri: Rüstem Baksoy
Sayfa Uygulama: Deniz Guliyeva
Kapak Tasarım: Kadriye Gümüş
Kapak İllustrasyonu: Ozan Küçükusta

ISBN: 978-605-88981-8-9

Baskı: Kasım 2010
Acar Basım, İstanbul
Beysan San. Sit. Birlik Cad.
No: 26 Haramidere
(212) 422 18 34

Asmalımescit Mah. Ensiz Sok.
No:2 D:4 Tünel İstanbul
Tel: (212) 245 08 39
e–posta: domingo@domingo.com.tr

www.domingo.com.tr

IAN COUTTS: Uzun yıllardır komedyenlik ve hokkabazlık yapan bir yazar ve baba. *Erkekler İçin Sorular ve Cevaplar: Sormamanız Gereken Soruların Cevapları* kitabının yazarı ve The Globe and Mail gazetesinde yayımlanan bir karikatür bantının da yazarlarından biri. Toronto, Kanada'da yaşıyor, çalışıyor, eğlendiriyor.

İçindekiler

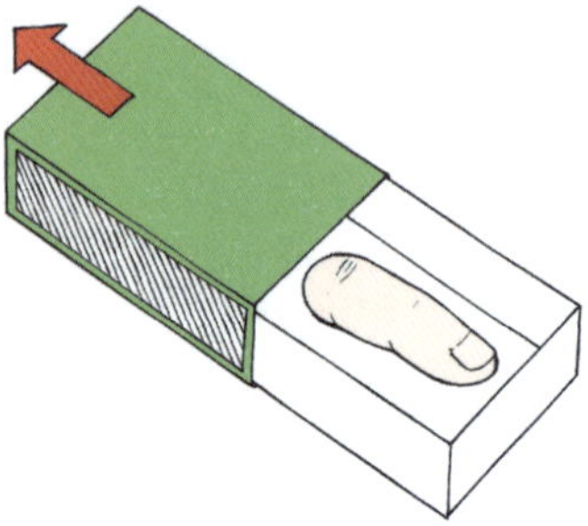

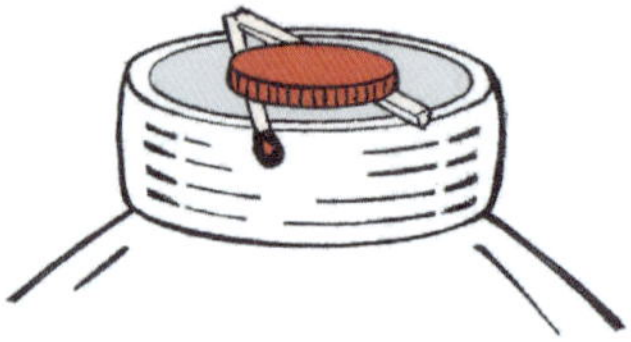

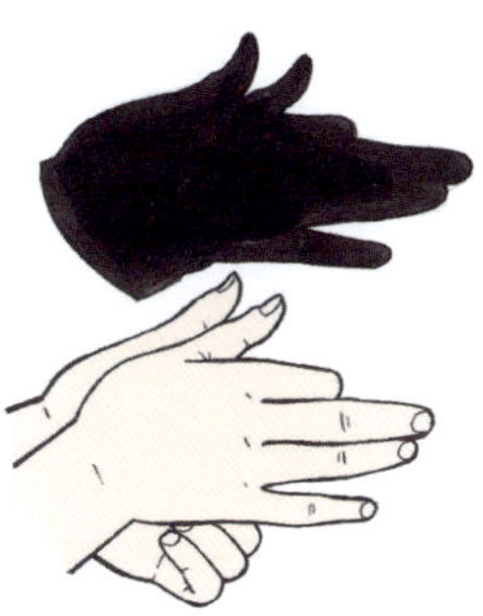

GİRİŞ

Bir zamanlar her şey son derece basitti. Baba eve ekmek getirirdi. Her sabah, güneşin doğuşuyla beraber, eline sopasını alır ve kıyımla dolu bir başka yoğun gün için mağaradan ayrılırdı. Akşam oldu mu, yeni öldürdüğü iguanodon cinsi bir dinazoru tek omzuna atmış bir halde, evin yolunu tutardı. Baba aynı zamanda ailenin muhafızıydı da. Mağaranın ağzında, elinde ateşle sertleştirilmiş sivri uçlu sopası, olası saldırılara karşı—ister memeli, ister sürüngen, isterse de Kromanyon adamı olsun—hazır beklerdi. Ve Baba size, kendinizi başka bir şeyin yemeği olarak bulmamanızı sağlayan o en elzem yaşam derslerini verirdi.

Ama her şeyden önemlisi, Baba eğlenceliydi. Akşam yemeğinden sonra, ateşin ışığından faydalanarak, duvarda gölge oyunu ("Lütfen, lütfen Baba," diye yalvarırdı çocuklar, "mamutu bir daha yapsana") ya da komik şakalar yapar veya çılgın öyküler anlatırdı ("Ben sizin yaşınızdayken, ateş yakmanın ancak hayalini kurardım."). Hayat, ilkel, vahşi ve kısa olabilirdi ama Baba sayesinde eğlenceliydi de.

Ardından, sonraki birkaç bin yılda, bazı şeyler değişmeye başladı. Artık sadece toplayıcılık yapmakla yetinemeyen Anne de eline bir sopa almak istediğini açıkladı. Kılıç dişli kaplanların ya da rakip ilkel insan türlerinin ortadan kalkması, o eski mağara ağzını korumayı hem kolaylaştırdı hem de bunun önemini azalttı. Önemli hayat derslerine gelince, tüketilmek üzere önceden paketlenmiş gıdaların satıldığı bir dünyada, "Kırmızı yemişler iyi, yeşil yemişler kötü" bilgisine kimin ihtiyacı var?

Diğer rollerini yitirmiş olabilir ve kimi zaman "Baba" fikrinin ta kendisi tehdit altındaymış gibi hissedebilir ama bir babanın hâlâ ışıldayabileceği bir alan mevcut: Şovmen Baba. Ama ne tuhaftır ki bir baba diğer rollerinin her biriyle ilgili olarak istemediği kadar çok tavsiye bulabilirken, bu elzem, asla değişmeyen vazife hep ihmal edilmiştir—yani bugüne dek edilmişti.

Babba Kitap'a hoş geldiniz. İlerleyen sayfalarda, her babanın sahip olması gereken temel irfana nail olacaksınız. Bu sayfalardaki numaralar, şakalar, espriler ve yöntemler kuşaklar boyunca bir erkekten diğerine aktarılarak taşınmış evrensel klasiklerdir. Ve işte şimdi modern Baba, sıra sana geldi! Belki de orada tembel tembel oturmuş, eskimiş uğurlu maç tişörtünden sarkan bir iplikle oynarken, "Bu ben olamam," diye düşünüyorsun, "Dünyaya bir çocuk getirtmiş olabilirim ama bir Babacık olmaz benden." Aklından geçmiş zamanların babaları geçiyor; hani şu devasa bebek evlerini inşa edip, tahıl gevreği kutularından yarış arabası yapan cinsten olanlar. Sense eline bir çekiç ve testere aldığında ne yapacağını şaşıran türde bir adamsın. Görünüşün de uygun değil zaten; ağzında bir pipo, gözlerinin etrafında kırışıklıklar, şakaklarında kırçıllaşan saçlar yok. Kendi kendine, üstüme giyeceğim bir hırkam bile yok diyorsun.

Hiç endişelenme! Babba Kitap, ne büyük bir beceri ne de özel alet edavat gerektiriyor. Belki bir iki aksesuvara ihtiyacın olacak—tahta kibritler, bir deste oyun kağıdı gibi—ama genel olarak, özel bir malzeme satın alman gerekmeyecek. İhtiyacın olan tek şey, gereksiz ıvır zıvırdan mümkün olduğunca arındırılmış bir zihin ve öğrenme arzusu. Babba Kitap'daki çeşitli numaraları, şakaları ve önerileri eğlenceli kılan şeylerden biri de onları sadece öğrenip, sergilemekle kalmayıp, oldukça basit olduklarından, çocuklarınıza da öğretebilecek olmanız. Ve bir gün geldiğinde, onlar da kendi çocuklarına öğretebilecekler. Böylece, kimilerinin dediği gibi, yaşam döngüsü devam edecek.

Hadi öyleyse, burada verilen talimatları uygulayın, şemaları inceleyin ve gördüklerinizi hafızanıza kazıyın, böylece—hiç değilse kendi çocuklarınız için—sihrin ustası, komedinin kralı, tam bir aile boyu eğlence kaynağı olacaksınız.

BÖLÜM 1

ŞAKALAR, EŞEK ŞAKALARI

Parmak uzatma

Babba Kitap'a giriş: Her babanın eğlence çantasında bulunan temel bir numara.

ZORLUK DERECESİ

★☆☆☆☆

Daha basiti Yok

ARAÇ GEREÇ

Yok

Nasıl yapılır

Arşimed'in kaldıracından Descartes'ın "düşünüyorum, o halde varım"ına, oradan da Einstein'ın E=mc2 'sine dek insanlığın bilgi birikimindeki tüm devrimler en basit adımlarla başladı. Eğlenceli bir baba olmak da farklı değildir. Parmak uzatma, diğer tüm oyunların da kaynağı olan, en temel baba numarasıdır. Uygulaması şöyledir (bunun sadece çok küçük çocukları eğlendirmek için kullanıldığını aklınızda bulundurun): Çocuğunuzun dikkatini çektikten sonra, işaret parmağınızı ona uzatın. Büyük bir zevkle parmağınızı kavrayacaktır. Tekrarlayın. Bu hareketle onu sadece eğlendirmiyor, aynı zamanda bir mesaj da veriyorsunuz: Baba eğlenceli biri.

tüyo: *Unutmayın, iyi bir şovmen gösteriyi ne zaman bırakacağını bilir. Parmak uzatma numarası en iyi sonucu yaşları yıllarla değil, aylarla ifade edilen çocuklarda verir. Eğer birkaç marifet (örneğin, parmağınız çekildiği an uygunsuz bir biçimde gaz salmak gibi) eklemeyi düşünmüyorsanız, yaşları daha büyük izleyicilerin sıkıcı bulabileceği, hatta hakaret sayabileceği bir şakadır bu.*

Ce-e

Baba sihirli elleri sayesinde bir görünür bir kaybolur.

ZORLUK DERECESİ
★☆☆☆☆

ARAÇ GEREÇ

Yok

Nasıl yapılır

İşte bebekler için başka bir numara daha –basit ama çok popüler. Önce, dikkatini çekmek için bakışlarınızı bebeğinizin üzerinde sabitleyin. İki elinizle yüzünüzü kapatın, sonra da Baba'nın güller açan yüzünü ortaya çıkaran çift kanatlı bir kapı gibi açın. Ellerinizi tekrar kapayıp, çok kısa bir aradan sonra yeniden açın. Ufaklık mutluluktan uçacaktır.

tüyo: *Ailenizin minik üyesinin bu numarayı ne kadar uzun bir süre eğlenceli bulacağına şaşırabilirsiniz. Gerçekten de sadece birkaç kısa dakikanın ardından, kendi hevesinizin onunkine göre epeyce hızlı azaldığını görebilirsiniz. Bu durumda, "bayrak teslim" manevrasına bel bağlamak faydalı olabilir. Çocuğu kucağınıza alıp döner ve annesine teslim edersiniz.*

Uçtu uçtu kuş uçtu

Babanın ufak bir yardımıyla, çocuğunuz yerçekiminin kölesi olmaktan kurtuluyor.

ZORLUK DERECESİ
★★☆☆☆

ARAÇ GEREÇ
Yok

Nasıl yapılır

Teknik açıdan, bu numara neredeyse basitliğin tanımı gibidir. Şöyle yapılır: Çocuğu kollarınıza alıp, yüzünüzün hizasında havada tutun. Ardından, neşeyle onu yüreklendirecek sözler söylerken, akıcı bir hareketle havaya atın.

Aslında yapılacaklar gayet basit, ancak bu eğlenceli numara önemli bir sorumluluğu da beraberinde getiriyor; hedef kitlenizi dikkatle tartmalısınız. Sizinki kolay heyecanlanan ya da ürkek bir çocuk mu? Küçük yaşta, istemsiz yapılan havadaki bu gezintinin kötü izler bıraktığı insanlar var. Bu kişiler ileri yaşlarda, asansöre ya da uçağa binmeleri gerektiğinde anlaşılmaz bir biçimde altüst olabiliyorlar.

tüyo: *Çok aşikar olmakla beraber, tekrar tekrar söylesek yeri var –çocukları düşürmeyin! Eğer bu numarayla ilgili olarak yeteneklerinizden biraz bile olsa şüphe ediyorsanız, boşverin gitsin. Kitaptaki her numarayı da uygulamak zorunda değilsiniz.*

Memnun oldum

Daha büyük yaş grubuna çekici gelecek alışılmadık tokalaşmalar

ZORLUK DERECESİ
★★☆☆☆

ARAÇ GEREÇ
Yok

Nasıl yapılır

İşte geleneksel tokalaşmanın bir dizi eğlenceli varyasyonu.

1. Eli sıkıca kavrayıp kalp atışı ritmiyle sıkıp gevşetirken, "Ben meşhur kalp cerrahı Doktor Birkan" diye kendinizi tanıtın.

2. Bir elinizle işaret ve orta parmaklarını, diğeriyle de yüzük ve serçe parmaklarını tutup, onları süt sağar gibi sırayla çekerken "Ben Süt Mamülleri Birliği'nden Bay Emre" deyin.

3. İşte bir klasik. "Haydi tokalaşalım" deyin ve hiçbir şeyden şüphelenmeyen muhatabınız elini uzattığında siz bacağınızı kaldırın ve elinin dizinizi arkadan kavramasını sağlayın. Kahkalar kopacaktır.

tüyo: *Bu numaranın ömrü, her seferinde farklı bir tokalaşma uydurarak fazlasıyla uzatılabilir.*

Yerinden çıkabilen parmak

Basit ama asla eskimeyen bir klasik, şovmen Baba'nın repertuvarının temel direklerinden biri.

ZORLUK DERECESİ

★☆☆☆☆

ARAÇ GEREÇ

Yok

Nasıl yapılır

Sol elinizin başparmağını içeri doğru büküp, boğumlarını tamamen kapamak için işaret parmağınızı üzerine doğru kıvırın. Diğer elinizin işaret parmağını içeri bükün. Bu parmağı öteki elin başparmağını kavrayan işaret parmağının altına yerleştirin. Sanki sağ işaret parmağı sol işaret parmağnın altından geçip öteki taraftan çıkıyormuş gibi gözükmeli.

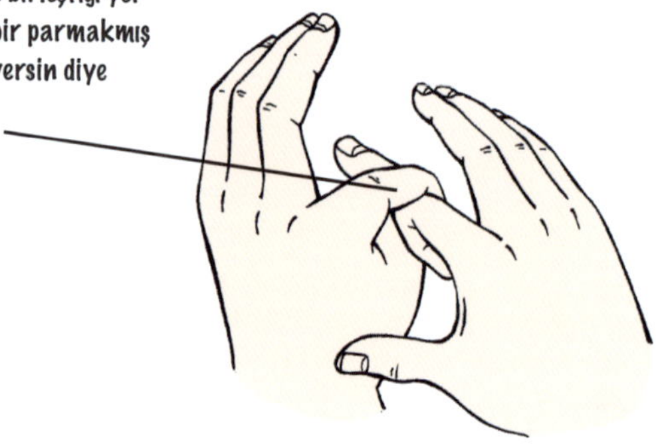

Şimdi uygun bir bahaneyle çocukların dikkatini üzerinize çekin – "Hey baksanıza!" işinizi görür. Sonra, sol elinizi geri çekerek işaret parmağınızın ucunu koparmış havası yaratın. Kahkaların keyfini çıkarın.

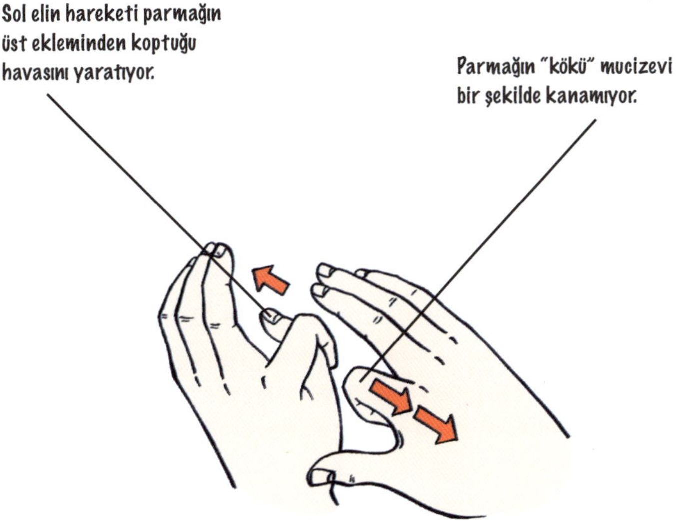

tüyo: *Bu numara basit olsa da hata yapmak imkansız değil. Öncesinde kesinlikle ayna karşısında pratik yapın. Ek olarak, arzu ederseniz kopuk işaret parmağının yerine başparmağınızı kullanabilirsiniz, lakin en saf çocuğun bile yalnızca parmakları değiştirerek tekrar kandırılabileceği şüphelidir.*

O zaman bu burun ne?

Baba mucizevi bir şekilde çocuğunun koku alma organını çalar ve sonra yerine koyar.

ZORLUK DERECESİ
★☆☆☆☆

ARAÇ GEREÇ
Yok

Nasıl yapılır

Bu şaka yaşı daha büyük çocukların favorisi olsa da, iyi bir başlangıç şakası olarak çocuklarını eğlendirmek isteyen her babanın öğrenmesine değer.

Aslında parmak çıkarma numarasının bir varyasyonudur, ancak başka bir insan üzerinde uygulanır–kendi burnunuzu koparma numarası yapmak epey zor olacaktır. İzleyicilerinize burunlarını yerinden sökebileceğinizi duyurun. Uzanıp, kıvrık durumdaki işaret ve orta parmağınızla burnu tutup, hafifçe sıkın. Elinizi geri çekerken, başparmağınızı sadece ucu görülecek kadar kıvırılmış durumdaki birinci ve ikinci parmağınızın arasına sokun ki, dışarıda kalan çıkıntı mucizevi ve çok komik bir biçimde burnun koparılmış ucuna benzesin. Basit ama etkili.

tüyo: *Teoride elinize yüzünüze bulaştırmanız neredeyse imkansız ama siz yine de başparmağınızın yalnızca ucunun göründüğünden emin olun. Çok küçük çocuklar bile, eğer burunlarının tırnağı varmış gibi görünüyorsa hemen şüphelenmeye başlayacaktır.*

"Görünmez" yürüyen merdiven

Baba, hayal ürünü mekanik bir merdivenle, çocuklarının kalplerine doğru bir yolculuğa çıkar.

ZORLUK DERECESİ
★☆☆☆☆

ARAÇ GEREÇ
Bir koltuk ya da arkasına gizlenebileceğiniz başka bir şey. Güçlü baldırlar da faydalı olacaktır.

Nasıl yapılır

Söz konusu koltuk, bel hizasınından yüksek olmalı ve arkasını göstermemeli. Gösteriyi dışarıda yapacak babalar için, bel yüksekliğinde bir çit ya da aralıksız sıralanmış bitkiler de uygun alternatifler olabilir.

İzleyiciler kanepenin bir tarafında dururken, öteki tarafta duran Baba aniden "Kilere gidiyorum, bir şey isteyen var mı?" diye sorar. Hemen sonra döner ve vücudunu mümkün olduğunca dik tutarak, kanepe boyunca yürümeye başlar. Kanepenin diğer tarafından bakanlar tarafından, sanki yürüyen merdivenden aşağı, aşağı ve daha da aşağı iniyormuş gibi görünecek şekilde yavaşça dizlerini kırarak yürümeye devam eder.

tüyo: *Herhangi bir süsleme eklemeden bile çok beğenilen bu görsel şaka, sıkkın bir ifadeyle tam karşıya bakmak ya da kol saatine kaçamak bir bakış atmak gibi, yürüyen merdivenlere özgü davranışlarla birleştirildiğinde bir klasik değeri kazanır.*

Tahta Kafa

Baba talihi yaver gitsin diye, insan kafasından bir dizi perküsyon efekti elde eder.

ZORLUK DERECESİ
★☆☆☆☆

Daha basiti Yok

ARAÇ GEREÇ

Yok

Nasıl yapılır

Yaşı biraz daha büyükçe olan çocuklar için bir numara daha. Bir tıklama ya da vurma/çarpma sesi çıkarmak üzere, dilinizi damağınıza iyice yaslayın ve sonra da geri çekin. İyice alışkanlık kazanana dek pratik yapın–bu sizi "boş atış" yapma utancından kurtaracaktır.

Şimdi, çocuklarınızdan biri ya da birkaçıyla havadan sudan konuşurken, elinizi sanki kapı çalmaya hazırlanıyormuş haline getirin ve ardından, sanki postacı kapıya gelmiş gibi, üç kez kafalarına ya da kendi kafanıza vururken–eğer vurulan kafa çocuğunsa, vuruşunuz olması gerektiği gibi daha yumuşak bir dokunuş olsun– eşzamanlı olarak dilinizle tak–tak sesi çıkarın. İşte bir Babba Kitap sihri!

tüyo: *Oyununuzu çeşitlendirmek/renklendirmek isteyebilirsiniz. Eğer elinizin altında ahşap bir masa ya da benzeri başka bir yüzey varsa, bir yandan kafaya vururken, aynı anda diğer elinizle de bu yüzeyi tıklatabilirsiniz. Her iki durumda da memnuniyet kaçınılmazdır.*

İleri kulak kaşıma

Baba Bolu Tüneli'ne girip, diğer taraftan çıkıyor.

ZORLUK DERECESİ

★★☆☆☆

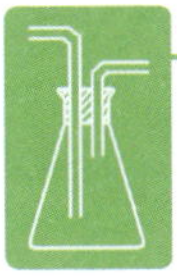

ARAÇ GEREÇ

Yok

Nasıl yapılır

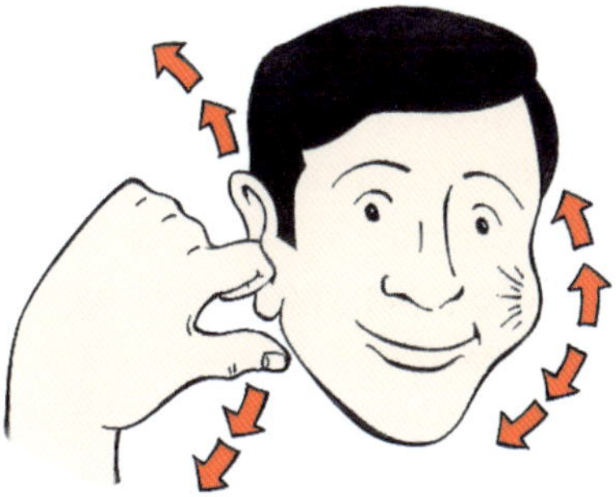

Parmak şakaları grubundan bir örnek daha. Baba'nın kafasının aslında boş olduğu imasının yarattığı ürperti, şakanın özündeki komikliği daha da artırıyor.

Elinizi sanki içini kaşıyacakmış gibi kulağınıza götürün ve işaret parmağınızı kulağınıza sokmuşsunuz gibi gözükecek biçimde kıvırın. Sonra, dilinizi karşı taraftaki yanağınıza iyice yaslayıp, kulağınızdaki parmağın hareketleriyle uyumlu olarak ileri geri hareket ettirin. İşte! Baba parmağını yolun sonuna kadar soktu.

tüyo: *Beden farkındalığı düşük olan babaların, bir ayna önünde prova yapmaları tavsiye edilir.*

Baba'nın evcil piresi

Baba'nın minik arkadaşı çocukları eğlendiriyor ve vıcık vıcık bir sonla karşılaşıyor.

ZORLUK DERECESİ
★★☆☆☆

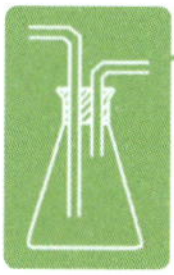

ARAÇ GEREÇ

Yok. İstifinizi hiç bozmayın.

Nasıl yapılır

Eğitimli bir pireniz olduğunu söyleyin. Pireyi, başparmağınızla işaret parmağınızın arasında nazikçe tutarak, dikkatlice evinden (bir kibrit kutusu) çıkarın. Açık duran avucunuza koyup, yeteneklerini sergilemesini sağlayın. Bir elden ötekine zıplasın: zıplarken bir elinizi yukarı kaldırıp, yere inerken diğer elinizi hafifçe aşağı indirin. Her iki işaret parmağınız arasına gerili bir ipin üzerinde yürüyebilir (uygun bir sirk müziği mırıldanmayı unutmayın) ya da siz çılgınca kaşınıp, kıvranırken, koşarak bir kolunuzdan yukarı çıkıp, diğerinden aşağı da inebilir. Son olarak da pireniz üçlü salto dener. Arkada çalınan bateri eşliğinde, üç kez dönerken büyük bir hayranlıkla izleyin. Ta taa!

Onu izleyicilere takdim edin. "Büyük bir alkış" diye bağırır ve kendiniz de çılgınca alkışlamaya başlarsınız. Birden yüzünüze bir dehşet ifadesi yayılır; yıldız şovmeninizi ezdiğinizi fark etmişsinizdir.

tüyo: *Daima bakışlarınızı minik arkadaşınıza sıkı sıkıya sabitleyin. Bunu ne kadar iyi yaparsanız, pire de o kadar gerçek olur.*

Dillenme

Bir kağıt peçete, bir baba, bir dil – tüm zamanların en iyi komedi klasiklerinden biri.

ZORLUK DERECESİ
★☆☆☆☆

Eğer nefes alabiliyorsanız, bunu da yapabilmelisiniz.

ARAÇ GEREÇ

Bir kağıt peçete.

Nasıl yapılır

Bu numaranın neden bu kadar komik olduğunu bilmiyoruz. Belki, dilin yapısı itibariyle komik organlardan biri oluşu gerçeğiyle ilgilidir.

1. Kağıt peçeteyi alın.
2. Peçeteyi açıp, yüzünüze koyun .
3. Şimdi dilinizi kağıt peçeteyi delip öteki taraftan çıkacak biçimde dışarı uzatın.
4. Takdir edilmenin tadını çıkarın.

tüyo: *Bu numara, bir baba olarak rolünüzle ilgili tercih yapmanızı da beraberinde getiriyor. Şovmen misiniz, Yoksa eski usül aile reisi mi? Eğer çocuklarınızın kafalarındaki baskın imgeniz, kağıt peçeteden çıkan sahipsiz bir dilse, onlarla politika ya da hangi üniversiteye gitmeleri gerektiğini konuşmak çok çetin bir hal alabilir.*

Boyun Kütürdetme

Baba, boynundaki tutulmayı geçirmek için güçlü – ve gürültülü– bir tedavi dener.

ZORLUK DERECESİ

★★★☆☆

ARAÇ GEREÇ

Genellikle kantinlerde verilen cinsten, kolayca ezilecek bir plastik bardak.

Nasıl yapılır

Ofisin sıkıcılığını azaltmayı amaçlayan bu numara, evde de güvenle yapılabilir. Basit bir aksesuar, numaraya çizgi filmlere benzer bir komiklik katar.

Plastik bardağı (önce içindekini döküp) koltuk altına gizleyen Baba, rahatsız ofis koltuğunun boynunda bir tutulmaya sebep olduğunu söyler.

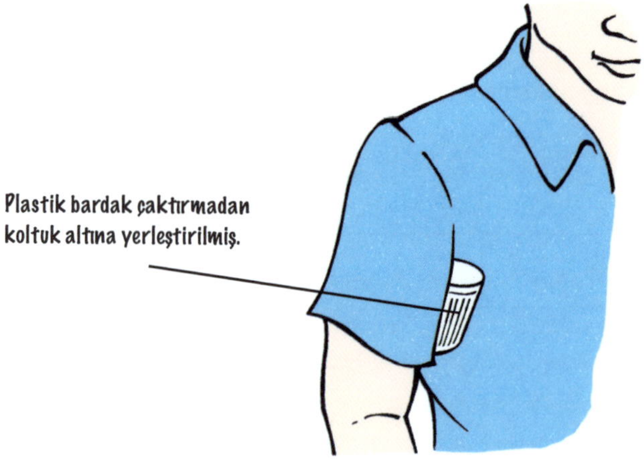

Sol eliyle kafasını, sağ eliyle de çenesini kavrayarak, kafasını plastik bardağı tuttuğu koluna doğru çevirir ve sert bir şekilde bardağa bastırır. Boynundan gelmiş hissi veren çirkin bir çatırtı, izleyicileri sınırsız bir neşeye boğar.

tüyo: *Sadece eğlence dozunu arttırmak uğruna, kalıcı bir hasar verme riskinden kaçınmak için, kafayı fazla çevirmemeye dikkat edilmeli.*

Kutuda Kesik Parmak

Yerinden çıkabilen parmak şakasına basit bir sahne aksesuarı eklemek, daha fazla kahkahayı da beraberinde getiriyor.

ZORLUK DERECESİ
★★★☆☆

ARAÇ GEREÇ
Parmak (kopmamış!), kibrit kutusu.

Nasıl yapılır

Bir kibrit kutusu ya da benzer başka bir ufak kutu (kapağı çıkarılabilen bir kutu işinizi görür) alın. Alt tarafına işaret parmağının girebileceği ufak bir delik açın.

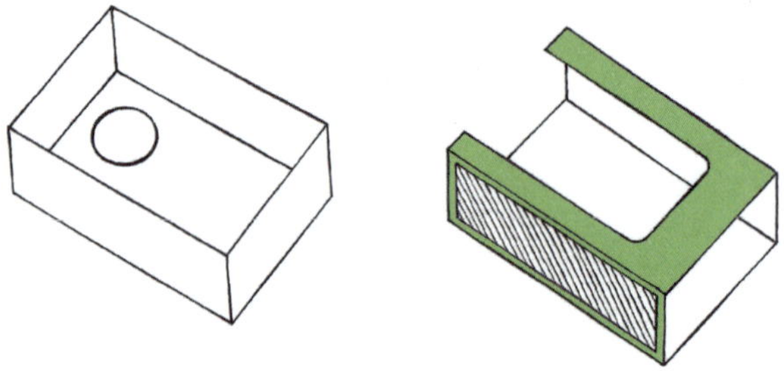

Ardından, eğer kibrit kutusu kullanıyorsanız, dıştaki kutudan, U şeklinde bir bölümü, bir kenarından başlayarak dikkatlice kesip, atın. Nedenini birazdan göreceksiniz.

İşaret parmağınızı ikinci boğumuna kadar delikten geçirip bükün ve sonra dış kutuyu, U şeklinde kesilmiş bölüm parmağınızın arkasına dayanacak şekilde, kutunun üstüne geçirin. Artık parmak tamamen kibrit kutusunun içine gizlenmiş durumda. "Çocuklar ne bulduğuma hayatta inanmayacaksınız" diye seslenin. Genç izleyicileriniz heyecanlı bir bekleyişle etrafınızda toplanınca, kibrit kutusunun kapağını açıp, kesilmiş gibi görünen parmağı gösterin.

Heyecanı daha da arttırmak için, çocuklarınızı burunları neredeyse parmağa değecek kadar kutuya yakınlaşmaya teşvik edin ve ardından parmağınızı aniden kıpırdatın. (Bu varyasyon için kulak tıkacı tavsiye edilir.)

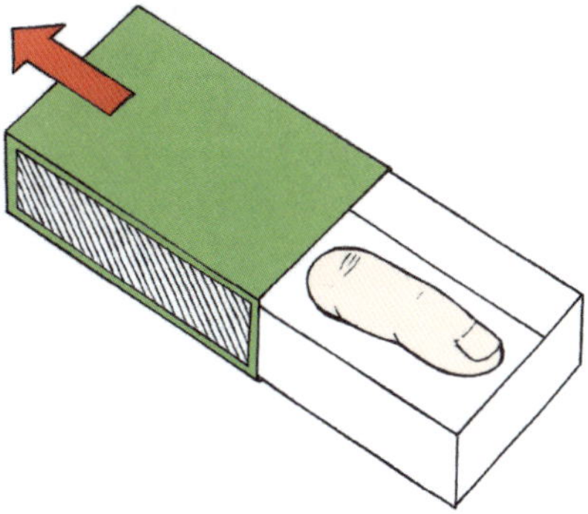

tüyo: *Deliği gizlemek için kibrit kutusunun içini ince bir pamuk tabakasıyla kaplamak etkiyi daha da arttırılabilir. Parmağın ilk boğumunun etrafına az bir miktar ketçap ya da kırmızı boya sürmek de harikalar yaratacaktır. Azami kahkaha için, parmağı siyah ya da mavi keçeli kalemle boyamayı deneyin.*

Benim babam Jaws!

Denizde ya da havuzda, Baba derinlerden gelen dehşet rolünü üstleniyor.

ZORLUK DERECESİ
★★☆☆☆

ARAÇ GEREÇ

Yeterli büyüklükte bir su birikintisi.

Nasıl yapılır

Baba, saklanabileceği kadar derin ama ayakları yere değecek kadar da sığ bir suya dalar. Daha sonra, kafası her iki kolunun arasında kalacak biçimde, sağ elini alın hizasından sol omuzuna, sol elinini de, çenesinin altından sağ omuzuna koyarak, büyük beyaz köpekbalığının çenesini oluşturur. Ayaklarından güç alarak sudan dışarı fırlar ve çapraz durumdaki kollarını açıp kapayarak, bu en ölümcül deniz yırtıcısının doymak bilmez avlanma yöntemini taklit eder.

tüyo: *Babalar, saldırıyla birlikte Jaws'ın film müziği dın–dın, dın–dın, dın–dın"nın söylenmesinin ya da yüksek sesle mırıldanılmasının, bu hareketi daha da etkili kılacağını göreceklerdir.*

Para alnında

Eşek şakasıyla zeka testinin güzel bir sentezi.

ZORLUK DERECESİ
★☆☆☆☆

ARAÇ GEREÇ
Ufakça bir madeni para

Nasıl yapılır

İşte ufaktan bir el çabukluğu becerisinin işe yarayabileceği bir numara. Yapılışı şöyle: İzleyicilerinizi, onlara madeni parayı göstererek, alınlarına yapışabilmesi için çok sıkı bastıracağınızı söyleyip, uyarın. Ardından parayı alınlarından düşürmelerini isteyeceğinizi ama ellerini kullanamayacaklarını söyleyin.

Parayı sanki alınlarına yapıştıracakmışsınız gibi, başparmağınızla işaret parmağınız arasına alın. Ama bunu yapmak yerine, sadece başparmağınızla bastırın ve parayı elinizde saklayın. Uyguladığınız basınç, izleyicilerinize alınlarına bir madeni paranın gerçekten yapışmış olduğu hissini verecektir. İşin bundan sonraki kısmı onlara aittir.

tüyo: *Onları ne kadar süre uğraştıracağınız size kalmış. Elbette üniversite için evden ayrılmalarından önce, aslında paranın elinizde olduğunu göstermek ya da aynaya bakmalarını sağlamak isteyebilirsiniz. Parayı onlara vermek de hoş bir davranış olur.*

Görünmezlik ışını

Sihirbaz Baba çocukların ortadan kaybolup, makül bir aradan sonra, tekrar ortaya çıkmalarını sağlıyor.

ZORLUK DERECESİ
★★☆☆☆

ARAÇ GEREÇ

Elle çevrilen yumurta çırpma aleti (isteğe bağlı); gerçi değnek, sihirli yüzük ve TV uzaktan kumandası gibi akla yatkın her türlü görünmezlik verici de aynı işi görür.

Nasıl yapılır

Genelde tek ve saf mizaçlı çocuklar üzerinde işe yarar. Çocukları görünmez yapmanın bir yolunu bulduğunuzu söyleyin. Yumurta çırpma aletini elinize alıp, çocuklara doğru tutarak kolunu çevirmeye başlayın ve onları görünmez yaptığınızı söyleyin. Aniden kafanız karışmış gibi etrafınıza bakının. Şaşkın ses tonunuza biraz da endişe katıp, birkaç kez isimleriyle çocuklara seslenin. Cevap verdiklerinde, çıldırmış gibi etrafınıza bakının. Masaların altını ve perdelerin arkalarını kontrol edin. Bu ses de nereden geliyor? Ellerinizi yüzlerinde gezdirmek, saçlarını karıştırmak falan gibi beceriksizce hareketlerle kayıp çocuğu bulmaya çalışın. Bu görünmez yığının onlar olduğundan gerçekten emin olun. Sonra, aletin kolunu çocuklar yeniden ortaya çıkana dek çevirmeye devam edin.

tüyo: *Kurmaca öykülerde görünmezlik, onu elde edenleri çıldırtıyor gibidir – Görünmez Adam'daki Claude Rains'i ya da Yüzüklerin Efendisi'ndeki Gollum'u bir düşünün. Görünmez olduğunu sanan bir çocukla başa çıkmak zor olabilir, bü yüzden onları çabucak geri getirmeye hazır olun.*

Yüz-kapan

Kendi vücudunun ihanetine uğrayan Baba, eline karşı bir ölüm kalım mücadelesine girişiyor.

ZORLUK DERECESİ
★★★★★

ARAÇ GEREÇ

Bir çift el.

Nasıl yapılır

Esasen "şapşal baba" numaralarımızın bir başka çeşidi. Bu numaradaki Baba'nın elinin kendine ait bir hayatı vardır. Aniden bir el yüzünüze yapışmaya çalışır. Afallamış bir halde, diğer elinizle çabucak bileğinden tutup, onu püskürtmeyi denersiniz. Ancak bu insanüstü bir mücadeledir, ara sıra kötü el üstün gelir ve yüze yapışıp çok komik bir biçimde gözlükleri yamultur, saçları dağıtır ve burun deliklerine parmak sokar. Bununla kalmaz, sizi boğmaya ya da gözlerinizi oymaya çalışır. Onu püskürtürsünüz ama her seferinde tekrar saldırır.

tüyo: *Bazıları, muhtemelen çözümlenmemiş kişisel problemler yüzünden, kontrolü kaybedebileceklerinden endişelenebilir. Tasalanmayın; boğazınızı sıkarak kendinizi bayıltamazsınız. Ayrıca, diğer sert oyunların aksine, işler kontrolden çıktığında kullanmak üzere önceden üzerinde anlaştığınız bir güvenli sözcüğe de (mesela "PES!") ihtiyaç Yoktur.*

Baba Toulouse Lau

Efsanevi Fransız ressam aile evini ziyaret ediyor

ZORLUK DERECESİ
★★☆☆☆

Dizler acıyabilir.

ARAÇ GEREÇ

Bir çift ayakkabı.

Nasıl yapılır

Keskin zekalı babaların tahmin edebileceği gibi, adını küçümen sanatçı Toulouse Lautrec'ten alan bu numaranın getirisi, babanın harcayacağı emeğe kıyasla çok daha fazladır. Ufalmış bir baba olmak için şu kolay adımları takip edin:

1. Bir çift ayakkabı alın. Ayakkabıları hemen önünüze koyun ve sonra dizleriniz ayakkabıların üstüne gelecek şekilde çömelin.
2. Eğer becerebilirseniz, ayaklarınızı sürüyerek ilerlemeye çalışın ki gerçekten yürüyormuşsunuz gibi görünsün.

Nedenini bilmiyoruz ama temelde yapılacaklar gerçekten de bu kadar basit. Genelde detaylara fazla takılmadıklarından olacak, bir kere çömelip dolaşmaya başladığınızda, yaptığınız her şey çocuklar için çok komik bir hale gelecek. Ayakkabılarınızın topuklarına onarılması olanaksız bir zarar verme olasılığınız var ama şüphesiz bu sanatınız uğruna ödenecek küçük bir bedel.

Bu, biraz süslemeyle zenginleştirilebilecek bir çalışmadır. Takım elbise giyip, ayaklarınızı sürüyerek dolaşırsanız daha da komik bir hal alır. Yüzünüze sakal çizip, gözlük ve melon şapka da (tam Toulouse) eklediniz mi iş iyice çığırından çıkar.

tüyo: *Fazla ileri gitmekten kaçının: sizin zamanınızın küçümenlerine yapacağınız göndermeler pek çok çocuk için hiçbir anlam ifade etmez.*

BÖLÜM 2

SİHİR

Bir kart seçin

Her tür izleyiciyi, hatta yetişkinleri bile etkileyecek temel bir kart numarası

ZORLUK DERECESİ
★★★☆☆

ARAÇ GEREÇ
Bir iskambil destesi.

Nasıl yapılır

İskambil kartlarını elinize alın. Yelpaze gibi yayın, karıştırın, kararken hızlıca bir elinizden ötekine geçirin, istediğiniz yapın. İzleyicilerinizden birine bir kart seçtirin. Karta bakmalarını ama size göstermemelerini söyleyin. Kartı diğer izleyicilere de göstersinler. Sonra, o kartı destenin en üstüne koymasını söyleyin. Kartları bir kez, hatta birkaç kez kesin, ellerinizi gizemli bir şekilde destenin üzerinde gezdirin, duruma uygun bir takım sihirli sözcükler söyleyin, ardından desteyi kartların resimli yüzleri size bakacak biçimde ters çevirin ve yelpaze gibi yayın. Ve sonra da seçilen kartı alıp, onlara gösterin.

Bu klasik kart numarası gerçekten çok basittir. İşin sırrı, sihirbazların anahtar kart dedikleri karttadır. Bir ara (numaraya başlamadan önce, başlangıçtaki artistik hareketleri gerçekleştirirken ya da kartları gönüllünüze uzatırken) çaktırmadan en alttaki karta bakın. Bu sizin anahtar kartınız olacak. Alttaki karta baktığınızı çaktırmamak için fazla uğraşmanıza gerek Yok, hele ki o esnada izleyicilerinizin dikkatini dağıtacak bir şeyler yapabiliyorsanız. Kartları kestiğinizde anahtar kartınız onların kartının üstünde olacak. Desteyi çevirdiğinizde anahtar kartınız onların

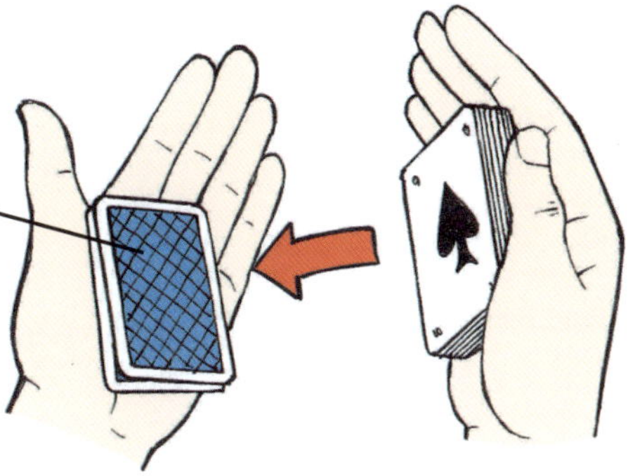

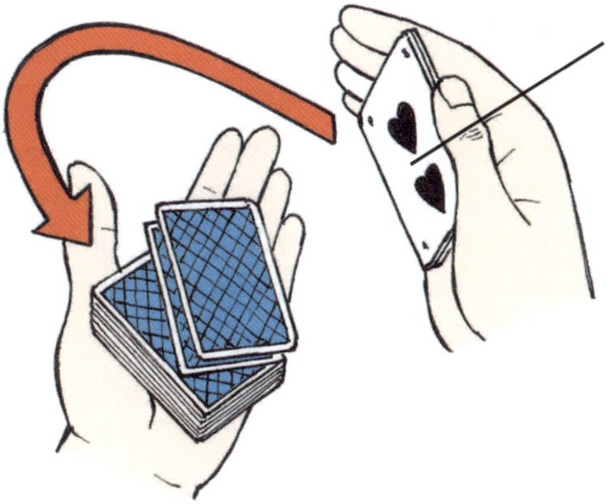

seçtiği kartın altındaki karttır. Anahtar kartınızı gördüğünüzde hangi kartın onlarınki olduğunu anlayacaksınız.

Anahtar kart her zaman en alttaki kart olmak zorunda değildir. En üstteki kart da aynı işi gayet güzel görür–yalnızca kartları yaydığınızda, onların kartının anahtar karttan sonra geleceğini unutmayın, önce değil. Bir kez biraz deneyim kazandınız mı, kartları birkaç kez kesmeyi –ama dikkatli olun– ya da Hindu

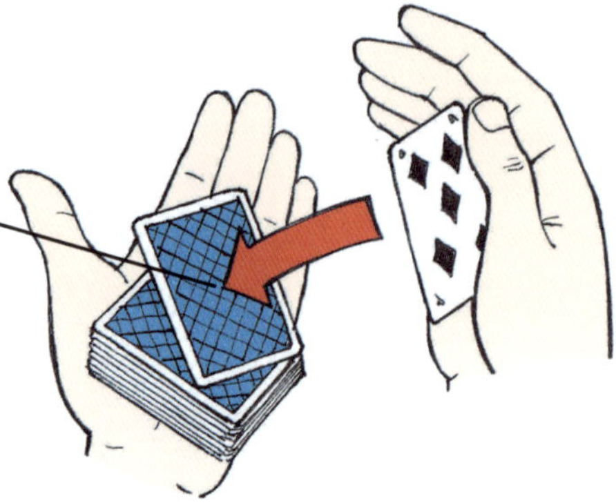

kağıt karma tekniğini bile deneyebilirsiniz. Bu kağıt karma yöntemi şöyledir: Gönüllünüz kartını destenin en üstüne koyduktan sonra desteyi sağ elinize alıp, en üstteki birkaç kartı sol elinize aktarın. Daha sonra, her seferinde bir grup kartı sol elinize aktararak karmaya başlayın– ama daima sol elinize aktardığınız ilk grup kartın arkasına. Bunu, sol elinizde içlerinde anahtar kartın da olduğu çok az sayıda kart kalana dek sürdürün. Elinizde kalan son kartları sol elinizdeki diğer kartların üstüne koyun. Anahtar kart, artık gönüllünüzün seçtiği kartın üstündedir. Desteyi çevirin, kartların arasından anahtar kartınızı bulun ve onun hemen üstünde bulunan gönüllünüzün kartını çekip alın..

tüyo: *Bu numarayı ilk kez sahnelemeden önce, anahtar kartı bulmak, bir kart seçmek, desteye geri koymak ve seçtiğiniz kartı bulabileceğinizden emin olmak gibi hususlar üstünde kendi kendinize çalışın. Sıra numarayı gösteride gerçekleştimeye geldiğinde, anahtar kartınızı hiçbir sıkıntı yaşamadan, rahat rahat görebilme şansınızı arttırmak için, izleyicilerinizin dikkatini dağıtmak üzere hızlı ve akıcı bir konuşma uydurun.*

Yıldızyapan

İşte Baba'nın kibritlerle oynayabileceği yaratıcı üstelik emniyetli bir yöntem.

ZORLUK DERECESİ

★★☆☆☆

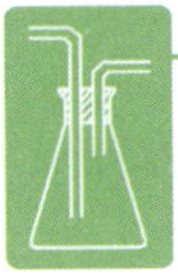

ARAÇ GEREÇ

Dört kibrit çöpü ve bir damlalık (ama onsuz da idare edebilirsiniz)

Nasıl yapılır

İşe neden yaradığına dair en ufak bir fikrimiz Yok ama evde yapması kolay olan güzel bir sihir numarası bu. Dört tane kibrit çöpü alın ve her birini ortasından kırın ama tam olarak ikiye ayırmayın, sonra da yarımlar birbirine dik açı oluşturacak biçimde bükün. Kibritleri artı işareti oluşturacak biçimde yan yana yerleştirin. Şimdi, şekilde gösterildiği gibi, bu artının merkezine bir damla su damlatın. Kibritler şişmeye başlayacaktır. Bir yıldız doğar!

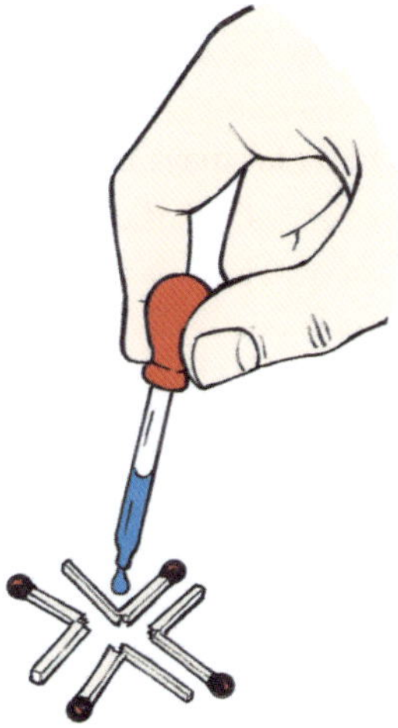

tüyo: *Kibritlerin hepsini aşağı yukarı aynı noktadan kırmaya özen gösterin. Bu numara en iyi sonucu formika bir masada ya da tezgahta veya başka bir pürüzsüz yüzeyde verir.*

Çok fiyakalı bir kibrit numarası

Kibritlerle yapılan bir numara daha; bu işlerin yabancısı için yapılması neredeyse imkansız.

ZORLUK DERECESİ
★★☆☆☆

ARAÇ GEREÇ

24 adet kibrit, kürdan ya da başka türden küçük, tek boyda, ince çubuklar.

Nasıl yapılır

24 adet kibrit kullanarak, dokuz kareden oluşan, yüksekliği ve genişliği üçer kibrit olan bir ızgara şekli oluşturmanız gerekiyor. İzleyicilerinizin çözmesi gereken problem, sekiz kibriti kaldırarak geriye sadece iki kare bırakmayı nasıl başaracakları.

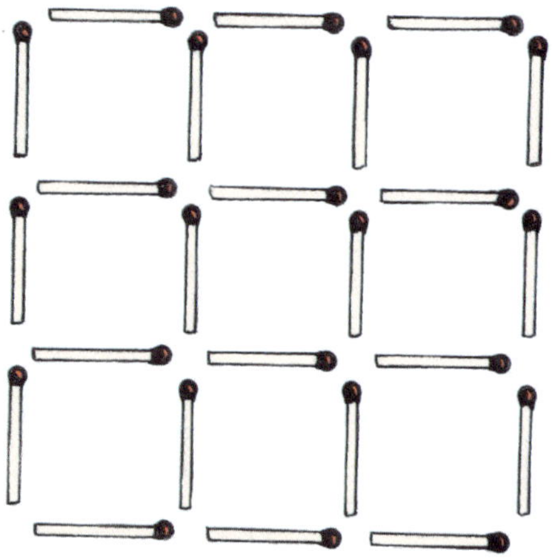

En iddialıların bile kafasını karıştıracak ilk yerleştirme

Bu numaranın –tabii eğer buna numara denebilirse— püf noktası, geri kalan iki karenin, orijnal karelerle aynı boyutta ya da yan yana olmaları gerektiği düşüncesine kapılmamaktır.

Yöntem şöyle: Karenin dışını oluşturan bütün kibritleri oldukları yerde bırakın. Üst sıradan içteki iki dikey ve dıştaki iki yatay kibriti kaldırın. Aynı işlemi alt sırada da tekrarlayın. Ortadaki sıraya dokunmayın. İşte! İki kare, biri diğerinin içinde.

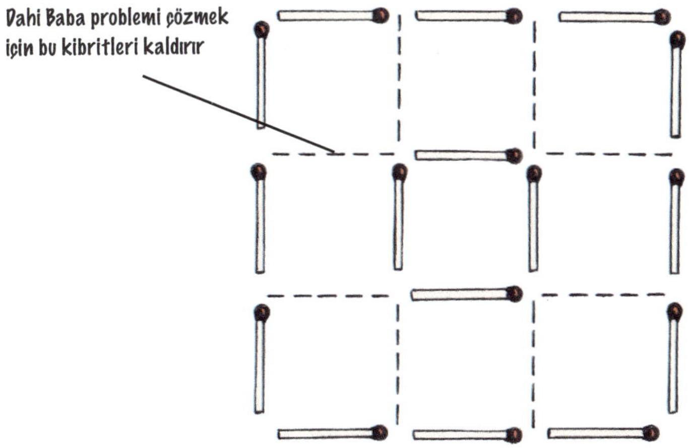

tüyo: *Kafaları aşırı derecede düz çalışan çocuklar "Baba hile yaptı!" diye şikayet edebilir. Bu şikayetleri dinleyin ve onlara saygı gösterin. Davacıları odalarına göndermeye kalkmayın.*

Zihin okuyan rakambaz

Zihin okuyan Baba, bir ile on arasındaki herhangi bir rakamı başarıyla tahmin ediyor

ZORLUK DERECESİ
★★★☆☆

ARAÇ GEREÇ
Yok, yalnız asgari düzeyde bir zeka faydalı olabilir.

Nasıl yapılır

İşte size herhangi bir çocuğu (muhtemelen kuşkucu matematik dehaları hariç) Baba'nın insanların düşüncelerini okuyabildiğine inandırmak için basit ve şaşmaz bir yöntem.

Duruma yakışan kibirli bir ses tonuyla, izleyicilerinize "Ben bir rakambaz, bir zihin okuyucuyum" diye anons yapın. "Birle on arasında bir sayı tutmanızı istiyorum. Ama ne olduğunu bana söylemeyin."

İzleycileriniz tuttukları sayıyı zihinlerine iyice kazıyınca, onlardan cevapları size söylemeksizin, aşağıdaki işlemleri yapmalarını isteyin.

1. Sayıyı üçle çarp.

2. Sonuca bir ekle.

3. Bu yeni sayıyı üçle çarp.

4. Şimdi sonuca tuttuğun sayıyı ekle.

Küçük ya da matematik yeteneği fazla gelişmemiş çocuklar için kağıt kalem ya da elektronik hesap makinesi gerekebilir. Bu dört adım tamamlandığında, size yaptıkları işlemlerin sonucunu söylemelerini isteyin. Her şey yolunda gittiyse, bu iki basamaklı bir sayı olmalıdır. Tek yapmanız gereken ikinci basamağı (birler basamağı) silmektir, elinizde kalan tuttukları sayı olacaktır.

Bu, "zihin okuyucuların" çoğunun, insanların yaşlarını tahmin etmekte kullandıkları numaranın başka bir çeşididir. Burada numarayı biraz değiştirdik. Öncelikle, çocuklarınızın yaşlarını zaten biliyor olmanız gerektiği, yani bunu tahmin ederek onları çok fazla etkileme ihtimalinizin pek olmaması gibi iyi bir nedenden ötürü. İkinci olarak, eğer çocuklarının yaşlarını öğrenmek için bir numaraya başvurması gereken cinsten bir babaysanız, o zaman muhtemelen onları eğlendirmek için çocuklarıyla birlikte pek fazla vakit geçiren türden bir baba değilsinizdir. Hatta nerede olduklarını bile bilmiyor olabilirsiniz. Ayrıca bu, bir kez gerçekleştirdikten sonra nasıl yapıldığını çocuklara anlatabileceğiniz bir numara—yalnız onları uyarın, eğer numarayı büyükannelerine ve büyükbabalarına yapmayı denerlerse, numaranın sonuna gelindiğinde onların çoktan sayıyı unuttuklarını görebilirler.

tüyo: *Genelde, daha büyük (10 yaş ve üstü) ve sağlam bir temel aritmetik bilgisi olan çocuklarla iyi sonuç veren bir numaradır bu.*

Şişedeki bozuk para

Baba bir kez daha suyun kibrit üzerindeki gizemli etkilerinden faydalanıyor.

ZORLUK DERECESİ

★★☆☆☆

ARAÇ GEREÇ

Küçük bir madeni para, bir şişe, bir kibrit ve bir miktar su.

Nasıl yapılır

Bu, suyun kırık kibritler üzerindeki ilginç etkisine dayanan "Yıldızyapan" numarasının (bkz. Sayfa 39), bir çeşididir.

1. Kibriti ortadan katlanabilecek ama ikiye ayrılmayacak kadar kırarak, iki ucu ve kırık "köşesi" kabaca bir üçgen oluşturacak biçimde şişenin ağzı üstüne yerleştirin.

2. Madeni parayı kibritin oluşturduğu üçgenin üzerine yerleştirin. (Paranın, şişenin ağızından küçük olduğundan emin olun– şişenin boynundan geçemeyecek kadar büyük bir para, bu kitabın kapsamını aşan yeni bir sorun ortaya çıkarır.

Şimdi izleyicilerinize meydan okuyacaksınız: Paraya, kibrite ve de şişeye dokunmadan parayı şişenin içine sokabilirler mi? Akıllarına gelen her yolu denemeye davet edin onları. Üflemek yaygın bir taktiktir ancak genellikle paranın ve kibritin yere düşüp yuvarlanmasıyla son bulur. Başka bir kibrit çöpü kullanarak parayı ittirmek yaratıcı bir çözüm yolu olsa da, teknik açıdan diskalifiye edilmeyi gerektirir.

3. İzleyicileriniz pes ettiğinde, –tabii bir mucize ya da bu kitaba göz atma fırsatı olmazsa–nasıl yapıldığını gösterin onlara. (Başarmak üzere olduğunuz şeyin basitliğindeki güzellikten ötürü fazla kibirli görünmemeye çalışın.) Biraz su alıp (damlalık burada işinize yarar ama şart da değildir), kibrit çöpünün iki parçasının birleştiği köşeye damlatın. Kibrit kendiliğinden düzelmeye/doğrulmaya başlayacaktır ve para kırık kibritin iki parçasının arasındaki boşluktan geçerek, güzelce şişenin içine düşecektir.

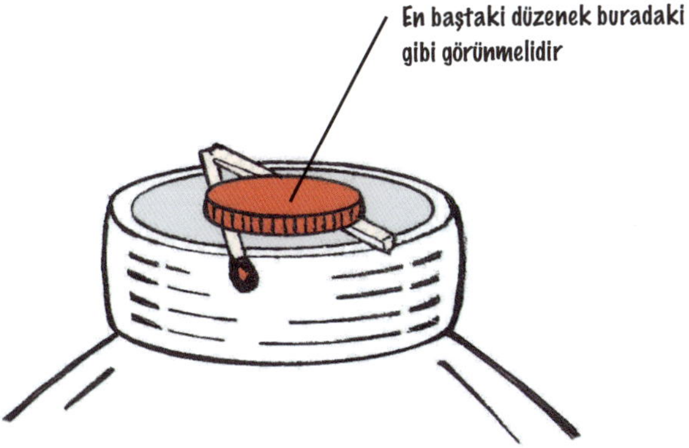

tüyo: *Önceden pratik yapmak muhtemelen iyi bir fikirdir.*

Para avuçlama

Çocuklardan para koparabilmenizi sağlayacak temel bir sihirbazlık numarası.

ZORLUK DERECESİ
★★★★☆

ARAÇ GEREÇ
Büyükçe bir madeni para.

Nasıl yapılır

Avuçlama, diğer pek çok sihirbazlık numarasının üzerine kurulduğu temel sihirbazlık becerilerinden biridir. Size işin özünü öğretecek ve avuçlama becerilerinizi kullanabileceğiniz klasik bir hareket göstereceğiz. Ondan sonra nereye varacağınız size bağlı.

Avuçlamanın ilk adımı doğru madeni parayı seçmektir. Beş, on ve yirmibeş kuruşlar bu iş için çok ufaktır. Öğrenmek için en iyi para çapı 2.5 cm civarında olanlardır (elli kuruş idealdir). Denerken çapın neden önemli olduğunu anlayacaksınız.

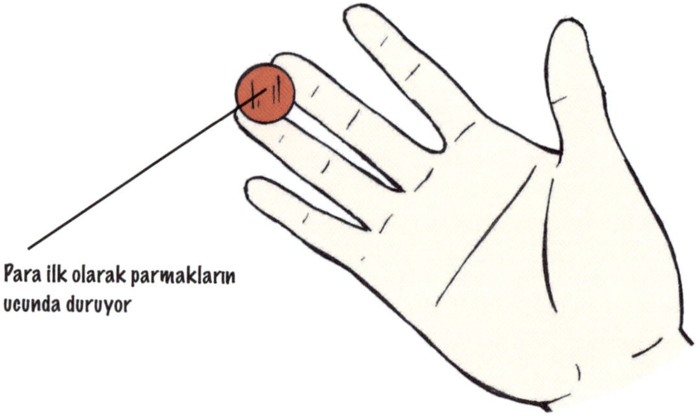

Orta ve yüzük parmaklarınızın ucuyla parayı elinizde tutun. Avuçlama tam da bu, yani tuttuğunuz şeyi avucunuza geri kaydırmak, demektir. Bunu bütün parmaklarınızı sanki yumruk yaparmış gibi kıvırıp, sonrada parayı avucunuzun içine bırakarak başarabilirsiniz.

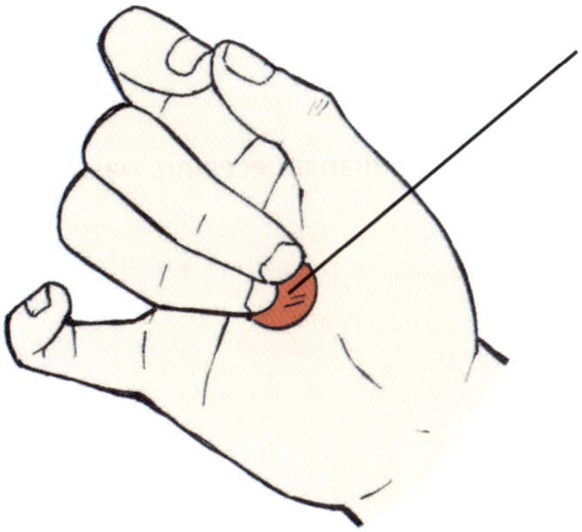

Parmakları kıvırınca, para avuç içiyle başparmağın dibindeki etli kısmın arasına yerleşiyor.

tüyo: *Bir kez daha söylüyoruz, avuçlamanın özünde alıştırma yapmak yatar. Sık sık pratik yapıp, parayı avucunuzun içine götürmeye, orada tutmaya ve tekrar ortaya çıkarmaya çalışın. Tek bir bozuk parayla iyice ustalaşınca, avucunuza iki ya da üç para sığdırıp, sonra da paraları zevkten dört köşe olmuş bir çocuğun kulağının arkasından teker teker çıkarmayı deneyebilirsiniz.*

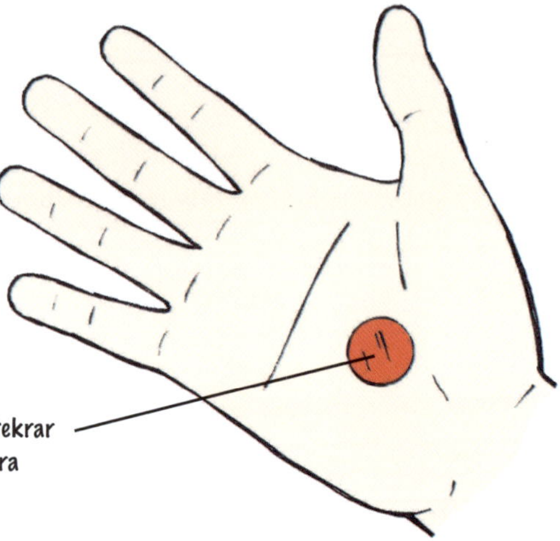

Mucizevi bir şekilde tekrar ortaya çıkana dek para burada kalıyor.

Parayı avuç içine yerleştirdikten sonra, avucunuzun kenarındaki etli bölgeyle, başparmağınızın altındaki etli bölge arasına sıkıştırın. Başparmağınızla bastırarak oldukça sağlam bir şekilde tutabilirsiniz. Bu yüzden doğru boyutlarda bir para kullanmalısınız–çok küçük olursa uzun süre tutamazsınız. Bu numarayı ayna önünde defalarca tekrarlayın. İzleyicilerinize doğal görünmesini gerekiyor.

Dediğimiz gibi avuçlama, pek çok numaranın özünü oluşturur ve bir kez ustası olunca, numarayı kullanabileceğiniz çeşitli yollar bulacaksınız. Ancak şimdi, babacan eğlence repertuvarından başarısı garantili bir numaraya odaklanalım: kulaktan para çıkarma. Uygulamasını şöyle yaparsınız: Önce, bozuk parayı çaktırmadan avucunuzun içine yerleştirin. Sonra, çocuğunuza doğru bakarken, zarifçe numaranızı hazırlayın. "Dur bakayım!" diye seslenin. "Bu da ne? Neden ..." ve bu noktada, parayı avucunuza saklama işleminin tersini yapın–başparmağınızın yardımıyla parayı orta ve yüzük parmaklarınızın üstüne doğru itin. Sanki kulaktan para çıkarıyormuşsunuz gibi görünecektir.

Mantar Yiyen

Baba gelmiş geçmiş en büyük sihirbazlardan birinin yardımıyla tuhaf beslenme yöntemleri deniyor.

ZORLUK DERECESİ

★★★☆☆

ARAÇ GEREÇ

Bir kase ve birkaç şişe mantarı.

Nasıl yapılır

Bu, pek çoklarının modern sahne sihirbazlığının babası addettiği büyük sihirbaz Eugène Robert–Houdin'e atfedilen bir numaradır. Bu numarayı elinizde bol bol mantarın hazır bulunacağı büyük bir partiden (yetişkinler için verilen büyük bir partiden) sonra yapmak muhtemelen en iyisi olacaktır. Numarayı gerçekleştirmek için bir mantarı avucunuzda saklamayı becerebilmeniz gerekir. Aslında oldukça basittir. Mantarı başparmak, işaret ve orta parmaklarınız arasında tutun. Kaldırıp ağzınıza götürün, ağzınızı açın, sonra belli etmeden mantarı avucunuza doğru kaydırıp, avucunuzla iki ucundan hafifçe bastırarak tutun ve gerekirse başparmağınızı biraz içeri doğru çekerek destekleyin. İlk mantarı yuttuktan sonra, "sözde boş" elinizi aşağı doğru uzatın. Avucunuzdaki mantarı diğerlerinin arasına bırakın ve herkesi şaşkına çevirerek başka bir mantar alıp onu da yiyin.

tüyo: *Mantarı avucunuza saklama hareketinin inandırıcı olabilmesi için çok alıştırma yapmak gerekir. Mantarın büyük olması, avuca saklanmasını oldukça kolaylaştırır ama elinizin boşmuş gibi göründüğünden emin olmak için çok çalışmalısınız.*

İki kartlı numara

Hünerli bir presto–chango[1] kartvizitlerin bir işe yaramasını sağlıyor

ZORLUK DERECESİ

★★★☆☆

ARAÇ GEREÇ

Bir bozuk para, kese kağıdı ve iki kartvizit.

Nasıl yapılır

Bu numara genellikle iki ayrı desteden alınmış birbirinin aynı iki oyun kağıdıyla yapılır. Biz burada kartvizit kullanıyoruz çünkü herkesin iki deste kağıdı olmayabilir, ancak pek çok modern yetişkinin hayatları boyunca kullanabileceklerinden binlerce kat daha fazla kartviziti var.

Hazırlık olarak, izleyicilerinizin bakmadığı bir anda kartvizitlerden birini kese kağıdına koyun (Bu 50–52 sayfalarda bahsini ettiğimiz avuçlama tekniklerini kullanmak için bir fırsattır). Şimdi izleyenlerin dikkatini çekin ve numaraya başlayın. Kese kağıdını, bozuk parayı ve ikinci kartviziti masaya koyun. Bir elinizle kese kağıdını alın. Diğer elinizle masadan kartviziti alıp, kese kağıdına koyun. Sonra bozuk parayı alın ve onu da kese kağıdına atın.

Şimdi kese kağıdının üst tarafından tutup, sıkarak ağzını kapatın. Duruma uygun bir melodi mırıldanarak kese kağıdını sallayın (mesela Şenay'dan "Honki ponki torino, calona bimbo boriro, mitsubisi hibobo kozizo, çikiçiki sayne tiki tak toooooo-ok," iyi gidebilir). Sonra, kese kağıdını açıp izleyicilerinize "Haydi

[1] Sihirbazlıkta bir objenin aniden başka bir objeye dönüşüyor gibi görünmesi.

kartı çıkaralım olur mu?" deyin. Kartlardan birini çıkarmak için elinizi soktuğunuzda, beraberinde bozuk parayı da almayı unutmayın. Sonra, elinizi kese kağıdından dışarı çıkarırken kartı, beraberinde çıkarttığınız bozuk parayı gizleyecek şekilde tutun. Kartı ve parayı ince bir hareketle cebinize koyarken izleyicinizin parayı görmediğinden emin olun.

Artık tek gereken, duruma uygun havalı bir final. İzleyicilerinize "Sizce kese kağıdının içinde artık ne var?" diye sorun. "Bozuk para" diye cevap verdiklerinde havalı bir şekilde diğer kartı çıkarın.

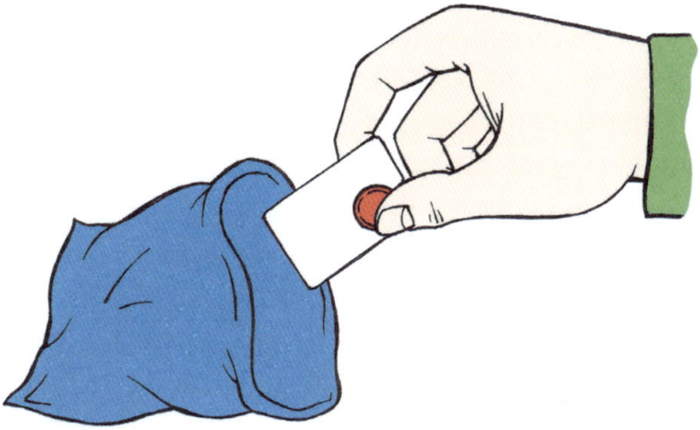

tüyo: *Bu numarada kilit unsur, gizleyebilmektir. İzleyiciler ilk kartın kese kağıdına girdiğini görmemeli ve bozuk paranın dışarı çıktığını fark etmemelidir. Ve eğer şüphelendilerse numarayı tekrar yapmayı önerebilirsiniz–ister bir kartı avucunuzda gizleyip kese kağıdına atarak, ister tek bir kartmış gibi görünmesi için birini dikkatlice diğerinin arkasına koyarak.*

İki mantar

İki şişe mantarıyla yapılan şaşırtıcı –ama eğlenceli –bir numara

ZORLUK DERECESİ

★★★☆☆

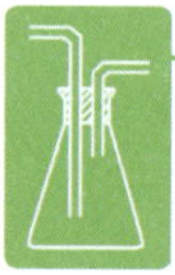

ARAÇ GEREÇ

İki mantar.

Nasıl yapılır

Hazır el çabukluğu konusu açılmışken, işte BABBA KİTAP yazarının babasının eskiden yaptığı güzel bir illüzyon.

Birer mantar alıp, her iki elinizde başparmak ve işaret parmaklarının birleşme yerlerine sıkıştırın. İzleyicilerinize, başparmak ve işaret parmaklarını kullanarak karşı eldeki mantarları eş zamanlı olarak diğer ele aktaracağınızı söyleyin ve bunun için akla ilk gelen direkt tutup alma yöntemi denendiğinde mantarların birbirine takılıp kalacağını uygulamalı olarak gösterin. Şimdi, mantarları oynatmadan sıkıştırmaya devam ederken, sol elinizin işaret parmağını sağ elin işaret ve orta parmak birleşme yerinden sokup avuç içine doğru kıırarak sağ eldeki mantarın avuç içindeki köşesine dokundurun. Sağ işaret parmağınızı sol elin başparmak ile işaret parmağı arasından sokup, sol eldeki mantarın alt ucuna dokundurun. Son olarak sağ başparmak sol başpar-

tüyo: *Bu numaranın nasıl yapılacağını çözmek biraz vakit alabilir. Sabırlı olmanızı ve sihre güvenmenizi tavsiye ederiz (Başkalarının önünde gösteri yapmadan, gizlice çalışmanızı da).*

mağın üstünde olacak şekilde, başparmakları diğer eldeki mantarların üst kısmına dokundurun. Biraz tuhaf bir yoldan da olsa mantarlar artık zıt ellerin başparmak ve işaret parmakları arasında. Şimdi elleri birbirinden ayırma ve izleyicilere müjdeyi verme vakti. Abra Kadabra! Mantarlar ayrılıverdi.

BÖLÜM 3

BECERİ VE USTALIK

Ev yapımı volkan

Doğanın dehşet verici gücü kendi mutfağınızda zincirlerinden boşalıyor.

ZORLUK DERECESİ

★★★☆☆

ARAÇ GEREÇ

İkiye kesilmiş ufak bir plastik şişe ya da benzeri bir kap, sirke, sıvı bulaşık detarjanı, kabartma tozu, kağıt havlu, sim, gıda boyası (isteğe bağlı).

Nasıl yapılır

Bunun ne kadar gösterişli olacağı size kalmış. İçindeki maddelerin oranını arttırarak bu numarayı ev yapımı mütevazı bir patlamadan, Eyyafyallayökülll'ün patlamasıyla aşık atacak boyutlara getirebilirsiniz. İşte, kısaca nasıl yapılacağı:

1.Kağıt havlunuzu alın. İçine bir ölçü kabartma tozu koyun. İsterseniz sim ekleyin. Kağıt havluyu gevşekçe katlayarak, içine koyduğunuz maddeleri barındıran bir paket haline getirin.

2. Kabınıza bir ölçü sirke ve onun yarısı kadar sıvı bulaşık detarjanı koyun. Patlamayı daha dramatik hale getirmek için isterseniz gıda boyasını ekleyin.

3. İzleyicileriniz toplandığında, kağıt havluyla paketlenmiş malzemeleri sıvıyla dolu kaba atın. Sonuç, renkli ve parıltılı bir patlama olacaktır.

Patlama ucu açık bir olaydır. Bazı çocuklar başlıbaşına patlamanın kendisinden çok zevk alacakken, diğerleri bunu bir gösteriye dönüştürmekten hoşlanacaklardır. Eğer zamanınız, enerjiniz ve yeteneğiniz varsa, volkan patlamanız için kahverengi mukavvadan ya da kartonpiyerden dört başı mamur bir dağ yapabilirsiniz (böylece, aynı zamanda bir fen projesi olarak da sunulabilecektir). Eğer volkanınızı açık havaya çıkarmayı düşünüyorsanız, daha inandırıcı bir patlama için şişenin ya da kabın etrafına toprak da yığabilirsiniz.

Katı malzemeler kartonpiyer volkanın içindeki plastik kaba atılıyor.

tüyo: *Drama dozunu arttırmak için kostüm giyebilirsiniz. "Pompei yanıyor!" hissi vermek için kendinize ve izleyicilerinize plaj havlularınızdan pelerin yapın. Patlama anında ellerini tutun ve odadan koşarak kaçarken, en iyi becerebildiğiniz bozuk aksan taklidiyle, "Var kızmak tanrılar! Çabuk, çabuk! Koşar biz kaçış yazan yolda!" diye bağırın.*

Askıda bozuk para numarası

Doğanın dehşet verici gücü kendi mutfağınızda zincirlerinden boşalıyor.

ZORLUK DERECESİ

★★★★★

(Süründürür!)

ARAÇ GEREÇ

Bir tel elbise askısı ve küçük bir bozuk para.

Nasıl yapılır

Önce çengel kısmının ucu düz kesilmiş bir tel elbise askısı bulun. Bu biraz uğraş gerektirebilir ve eğelemek ya da zımpara kağıdıyla zımparalamak zorunda kalabilirsiniz. Sonra, askıyı ters çevirip bir elinizle çengel kısmını tutarken, diğer elinizle düz olan alt tarafını askı baklava şeklini alana dek çekerek yamultun. Baklava şekline gelen askı, çengel kısmı aşağıda olacak şekilde parmağınızda dengede durmalı ki sanki bir sarkaç gibi sallanabilsin. Bu noktada çengelin ucunun neden düz olması gerektiği ortaya çıkıyor. Bozuk parayı alıp o minik düzlükte dengeleyin. Evet söylemesi yapmasından daha kolay ama yine de yapılabilir. Birkaç deneme gerektirebilir ama özen ve tekrarla parayı dengeleyeceksiniz. Buraya kadar tamam. Şimdi, parmağınızı bir taraftan diğerine hareket ettirerek askının (ve paranın) ileri geri sallanmasını sağlayın. Etkileyici ama durun bir dakika; asıl yapacağınız, bir kez ritim yakaladığınızda askıyı—ve de parayı—tam 360° döndürmek. (Not: Bunu gerçekleştirmenizin tek yolu, askıyı çengelinin baktığı yöne doğru döndürmektir.) Tekrar ediyoruz, evet, söylemesi yapmaktan çok daha kolay ama bunu gerçekleştirmek yine de mümkün.

İzleyicileriniz bu noktada çok etkilenmiş olacaklar. Baba imkansızı gerçekleştirdi. Aslında hayır, Baba imkansızı gerçekleştirmek üzere. Askının dönüşünü durduracaksınız ama para yerinde kalacak. Gülmeyi bırakın. Uygulanışı şöyle: dönüşünü durdurmak istediğinizde, askıyı çevirmeye devam ederken kolunuzu öne doğru uzatın, ardından onu çevirdiğiniz yöne doğru büyük bir adım atarak, askıyı döndürmeyi bırakın. Artık Baba değilsiniz, bir ilahsınız.

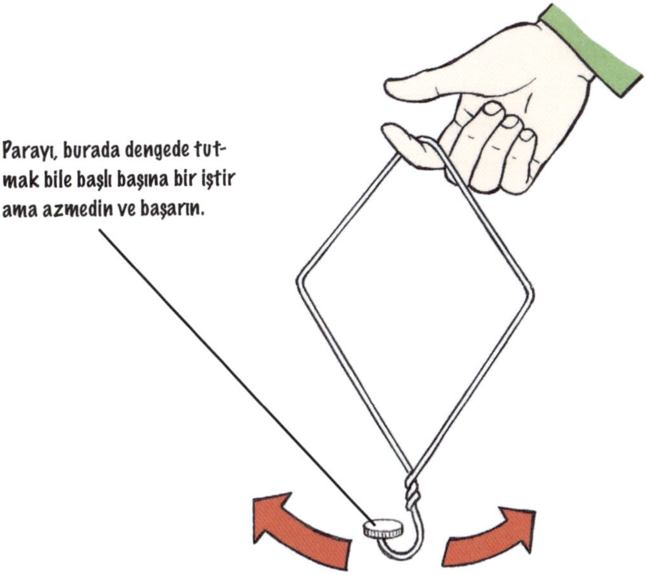

tüyo: *Bu numarayı gerçekleştirmenin zorluğu pek çok babanın cesaretini kırabilir. Dürüst olmak gerekirse ustalaşmak gerçekten de çok uzun zaman alabilir. Hatta, bunu bir çocuk eğlencesi gibi değil de bir kariyer seçeneği olarak görmek daha akıllıca olabilir.*

Mentos çeşmesi

Popüler çiğnenebilir naneli şekeri Mentos'la, diyet kolanın unutulamayacak kadar büyük bir dağınıklık yaratan karşılaşması

ZORLUK DERECESİ
★☆☆☆☆

(Tedbirli olmayı gerektirir)

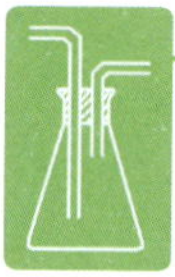

ARAÇ GEREÇ

Bir paket Mentos, bir adet 2 litrelik diyet kola, kağıt huni (isteğe bağlı)

Nasıl yapılır

Bu kitabı okurken farkına varamayabilirsiniz, ancak burada anlatılan beceri ve ustalıkların pek çoğunun saygıdeğer bir geçmişi vardır. Victorya dönemi babaları, hatta belki Elizabeth dönemi babaları bile kendi çocukları için bu numaraları yaptılar. Ancak babalık da olduğu yerde saymayıp, gelişiyor. İşte çocuklarınıza gösterebileceğiniz güzel bir numara. Bu numarada iki popüler, modern abur cubur kullanıyorsunuz: Mentos, hani şu Hollanda malı, sakızımsı naneli şeker ve diyet kola. Gösterişli olmakla beraber, öğretici de bir numara bu. Bize, tüm gazlı içeceklerde bulunan karbon diYoksitin, Mentos'da bulunan çözülebilen şeker kaplamanın ve akasya sakızının yardımıyla, su moleküllerini bir arada tutan sıkı bağları nasıl parçalayabildiğini canlı bir biçimde gösteriyor. Sonuçta bu da bir şeyleri ispatlıyordur, herhalde. İşte Anne'nin bir yerlere gitmesini ya da en azından arabasının köşeyi dönmesini beklemenin daha iyi olacağı bir etkinlik daha...

Bir şişe diyet kola (diyet olanları iyi iş görüyor ve çok feci yapışkan değiller ki bu, nedeni birazdan açıklığa kavuşacak bir avantaj) alıp açın ve açıkta bir yere koyun, en iyisi bir dış mekandır. Şişenin devrilmemesi için, yerin sağlam ve düz olduğundan emin olun. Sonra, tüm Mentosları açın. Mentosları gazlı içeceğin içine atmanız gerekiyor. Ama teker teker değil de hepsinin neredeyse aynı anda sıvıya değmesi gerekli ve bu da sandığınızdan daha zor. Bir tür kağıt huniyi hepsini içine alacak şekilde doldurmak, bunu yapmanın iyi bir yolu. Huninin ucunu parmağınızla kapatın ve sonra da şişenin ağzına götürün. İçindekileri bırakın, geri çekilin ve gazlı diyet içecekten oluşan bir püskürtü gökyüzüne yükselirken, Versailles'ın süslü su yapılarının, Roma'nın muhteşem Trevi Çeşmesi'nin ya da Vegas'taki Bellagio Otel'inin muazzam fıskiyelerinin kendi eseriniz olan kola aromalı eşdeğerini zevkle izleyin.

tüyo: *Mentosları kolaya atarken hızlı, çok hızlı koşmaya hazır olun.*

Balondan hayvanlar

Çocuklarınız için lastikten hayvanbilim

ZORLUK DERECESİ

★★★★☆

ARAÇ GEREÇ

Bükülebilir balonlar, insandan başka bir hava kaynağı.

Nasıl yapılır

Genel olarak, bu kitapta evinizde kolayca bulamayacağınız aletler ya da malzemeler gerektiren eğlencelerden uzak duruyoruz. Balon hayvanlar için bir ayrıcalık yapmak istedik. Etkisi endamını fersah fersah aşan bir numara bu. Bunu kotarırsanız şovmen babadan çok daha fazlası olacak, baba ötesi bir statü kazanacaksınız. Bununla beraber, ihtiyaç duyduğunuz malzeme, bulunması o kadar da zor bir şey değil. Balon hayvanlar yapmak için şaka aletleri ya da parti malzemeleri satan dükkanlarda ve muhtemelen diğer mağazaların oyuncak reyonlarında satılan uzun, ince, kauçuk balonlardan lazım. (Çevrecilik açısından bakmak gerekiyorsa, bunlar doğada tam olarak çözünebiliyorlar) Almaya gittiğinizde hangi amaçla kullanacağınızı anlatmanız yeterli olacaktır. Bir uyarı: Bu balonlar normal balonlardan biraz daha ağırlar, yani eğer ciğerleriniz Himalayalar'ın eteklerinde büyümüş bir şerpanınkiler gibi değilse şişirmek için bir hava kaynağı da lazım olacak. Bu bir elektrikli pomba olabilir ama bisiklet pompası ya da benzeri el pompaları da gayet güzel iş görür. Tek yapmanız gereken, balonu pompanın ağzına götürüp—çok sıkı bir yalıtıma ihtiyacınız Yok—şişirmek.

Balon hayvan yapımının bir sırrı falan Yoktur. Tek bilmeniz gereken şey, balonun değişik yönlere doğru nasıl büküleceği ve balondaki bu kıvrımları kullanarak nasıl değişik şekiller yaratılacağı. Haydi temel bir balon hayvan olan köpeği inceleyelim.

Balonlarınızdan birini alıp, ucundan 7,5 santimlik kısmı hariç şişirin—bu boşluğa ihtiyacınız olacak. Balonun ağzına düğüm atın. Önce düğümlediğiniz kısımdan aşağı doğru 7,5 cm ölçün ve balonu buradan kıvırın. Şu anda elinizdeki şey (ona boğum adını verelim, mangallık sucuklardaki gibi) köpeğinizin kafası oluyor. Şimdilik elinizden bırakmayın, çünkü açılır. Şimdi bunun da 7,5 cm aşağısından tekrar kıvırın. Bu da kulaklarından biri olacak. Pekala, şimdi bu iki boğumu, balonun yanına doğru katlayın. Şimdi üçüncü bir boğum ölçün—yani diğer kulağı—ve kıvırın. Bunu yaptıktan sonra, ilk boğumu alıp, birinci ve ikinci boğum arasındaki kıvrım, üçüncü boğumla balonun geri kalanı arasındaki kıvrımın üstünden geçecek biçimde, balonun üstüne doğu

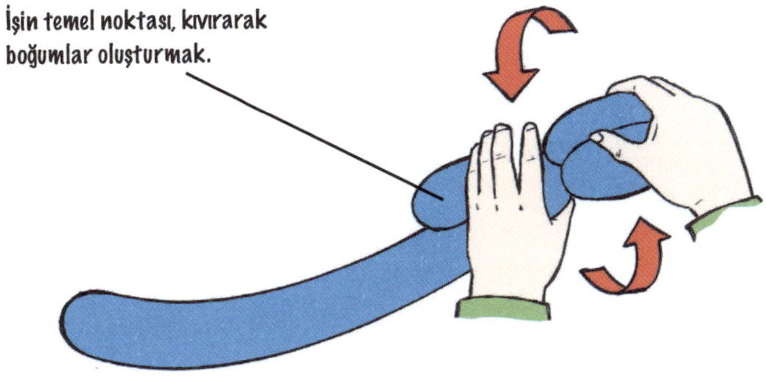

bükün.. İlk boğumu, bu boğumun etrafında iki kez kıvırın. Buna kilitlemek denir ve kıvrımların açılmayacağı anlamına gelir. Artık köpeğin kafası ve kulakları tamam.

Şimdi balon boyunca bir 7,5 cm daha ölçün ve yeni bir boğum yapın. Bu boynu olacak. Bundan sonra yeni bir kıvrım yapın, sonra bir tane daha. Bunlar ön ayaklarıdır. Üçüncü boğumu ikinci boğumun yanına gelecek biçimde bükün ve bu ikisinin birleştiği kıvrımı, boyun boğumunun kıvrımı etrafında kıvırarak kilitleyin. Artık elinizde bir boyun, ön ayaklar ve uzun, henüz tam biçimlenmemiş bir gövde var. 9–10 cm daha ölçün (aklınızdaki köpek bir dachshund ise 14 cm'e kadar çıkabilirsiniz) ve gövde boğumunu oluşturmak için kıvırın ve sonra öncekiler gibi iki kıvrım daha yaparak iki boğum daha oluşturun; bunlar da

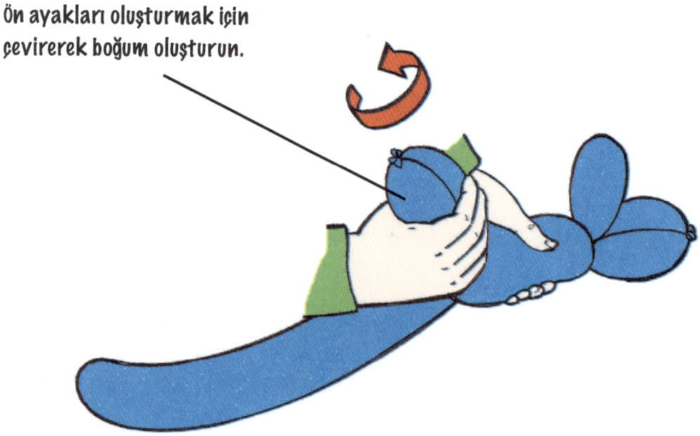

arka ayaklar olacak. Arka ayakları birleşme yerinden yukarı katlayın ve sona kalan parçayı kalçanın birleşme yeri etrafında iki kez kıvırarak, kuyruğunu oluşturun. Cins bir şişme köpeğiniz oldu.

Kıvırma ve kilitlemenin temel özelliklerini öğrenince, diğer hayvanlara geçebilirsiniz: zürafa (boynunu daha uzun yapın), tavşan (kulakları büyültün ve arka bacakları da uzun tutup vücudun altına sıkıştırın). Bırakın hayal gücünüz ve deneme yanılma yöntemi sizi yönlendirsin. Bununla beraber, eğer çocukların doğum günü partisinde şov yapacaksanız, cinsellik vurgusu fazla olan ya da potansiyel olarak küfür sayılabilecek balon figürleri yapmaktan kaçının.

tüyo: *Balonları incelteceği için figür yaparken etraflarını aşırı ovalamaktan kaçının.*

Havayı koklayan Baba

Rüzgarın nereden eseceğini bilmek için hava tahmincisi olmanız gerekmiyor.

ZORLUK DERECESİ
★★★★★

ARAÇ GEREÇ
Yok

Nasıl yapılır

İşte izleyicilerinizi etkileyecek—dahası bilgilendirecek—o büyüleyici yeteneklerden bir diğeri. Belki biraz basitleştirmek olacak ama bu numara için havayla ilgili tüm endişelerimiz tek bir soruya indirgenecek: Yağmur yağacak mı ya da eğer hava soğuksa, kar yağacak mı? Bu soruyu cevaplamanın en basit yolu bulutlara bakmaktır. Eğer yalnızca çok yükseklerde, hani şu incecik saçak bulutlardan (sirüs bulutları) görüyorsanız, büyük ihtimalle yakınlarda yağmur falan yağmayacaktır. Eğer altostratüs ya da altokümülüs bulutları—bunları bulutlar dünyasının orta kademe yöneticileri gibi düşünebilirsiniz—görüyorsanız, muhtemelen on, on beş saat içerisinde bir miktar yağış bekleyebilirsiniz. Büyük, gökyüzüne hakim gibi gözüken, kabarık kümülüs bulutları ise, çok fazla katmanlı olmadığı olmadığı sürece genellikle güzel havaya işaret ederler. Fazla katman "fırtına alameti" olarak anılır. Önceden uyaralım: Eğer bu büyük, kabarık biraderleri kuzeybatı ve güneybatı yönlerinde oluşurken görürseniz, beş ila on saat sonrasında yağmur görebilirsiniz. Endişelenmeyi gerektiren diğer alçak seviye bulutları ise, genelde kendimizi bir ahmak ıslatanın içinde bulmamıza yol açan tipik yağmur bulutları stratüslerdir.

Şimşekler mi çakıyor, harika! İşte sıradaki yeteneğinizi sergilemek için bir fırsat. Yıldırımın ne kadar uzağa düştüğünü sizden iyi kim bilebilir. Şimşeği gördüğünüz an saymaya başlayın. Eğer şimşek 1.5 km ötede çaktıysa, yarattığı gök gürültüsünün size ulaşması yaklaşık beş saniye alır (Daha kesin bir hesap için geçen saniyeyi 340 ile çarpın, sonuç uzaklığı metre cinsinden verir). Şimşekle gök gürlemesi arasındaki zamanı ölçerek fırtına yaklaşıyor mu Yoksa uzaklaşıyor mu anlayabilirsiniz.

Hava tahminiyle ilgili—bazıları saçma, bazıları gayet mantıklı—bir sürü halk deyişi bulunur. İşte genel olarak doğru olan birkaç örnek:

- "Gece kızılsa gökler mutlu olur denizciler, sabah kızılsa gökler denizciler tedirginler" Akşamları kızıl bir gökyüzüne, genellikle sonraki 20–24 saat içinde yağmur yağmayacağının işareti olan yığın bulutlar /stratokümülüsler sebep olur. Sabah gökyüzünü kızıla boyayan bulutlar ise, yağmurun eli kulağında olduğunu gösterir.

- "Uskumru sırtı gökyüzü ve at kuyruğu bulutlar yüksek gemilere alçak yelken açtırır." At kuyruğu bulutlar çok yüksekler-deki ince bulutlardır, uskumru sırtı ise bulutların düşük irtifa bulutlarına dönüşmeye başladığı zamanlarda görülen, diğer bir yüksek irtifa oluşumudur. Her ikisi de kuvvetli rüzgarların işaretidir.

- Son olarak, en azından bulutların batıdan doğuya doğru hareket ettiği kuzey yarım kürede geçerli olacak bir deyiş: "Kuzey ve batıdaysa şimşekler dikkat et, güney ve doğudaysa şimşekler rahat ol" Genel olarak kuzeye ya da batıya doğru hareket eden bir fırtına size yaklaşıyor, güneye ya da doğuya doğru hareket eden bir fırtına ise size zarar vermeyecek demektir.

Çoğu mistik performansta olduğu gibi sunum, Hava Tahmincisi Baba'yı ya vezir eder ya da rezil. Basit bir "sanki yağmur yağacak" her ne kadar huzur verici bir biçimde risksiz de olsa, büyük ihtimalle babasına en düşkün çocuğu bile fazla etkileyemeyecektir. Hava Tahmincisi Baba bunun yerine havayı bir ya da iki kez koklar, ufku tararken ciddi bir ifadeyle gözlerini kısar ve fısıldar "Güneydoğu yönünde, saatte 30 ya da 40 kilometre hızla..."

Daha sonra, manidar bir bekleyişin ardından kasvetli bir ifade takınıp, genç izleyicilerini esrarengiz bir biçimde uyarır: "Fırtına geliyor". Böylesine parlak bir performans karşılığında, gerçekten bulutları gözlemlemek yerine o günün gazetesinin hava tahmini sayfalarından "esinlenmek", kanımızca gayet makuldur.

Son olarak, Baba tahminleri için kesin bir zaman dilimi vermekten kaçınmak isteyebilir. Ne de olsa üç vakte kadar illaki bir fırtına çıkacaktır.

tüyo: *Hava tahmininin arkasında yatan bilimi tam anlayamadım diye endişelenmeyin. Televizyonda gördüğünüz, hareket halindeki bir grup bulutla ilgili konuşan o insanların da neler olup bittiğiyle ilgili çok net bir fikirleri yok sanki.*

Taş sektirme

Baba, dingin duruşunu hiç bozmadan, müthiş taş sektirme yeteneğini sergiliyor.

ZORLUK DERECESİ
★★★★☆

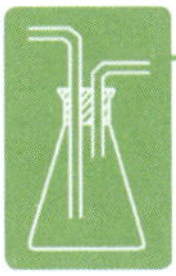

ARAÇ GEREÇ

Seçtiğiniz birkaç yassı taş

Nasıl yapılır

Bu, göl ya da deniz kıyısına yapacağınız her geziye neşe katacaktır. Doğru taşı bularak başlayın. Dalgaların pürüzsüzleştirdiği, yassıca bir taş seçmeye bakın; daha az sürtünmeye uğrayacağından suya değdiğinde daha rahat seker. Taşı, orta parmağınızla da hafifçe alttan destekleyerek, başparmak ve işaret parmağınız arasında tutun. Biz elin tersiyle (tenisteki backhand vuruş gibi), geriye doğru yay gibi gerilen bedeni, kolla birlikte hızla ileri ivmelendirerek yapılan atışı tercih ediyoruz ama bu eğlencenin meraklıları büyük çoğunlukla, dizleri hafif kırarak "düz yere paralel atış" stilini kullanıyor. Taşı kuvvetli bir biçimde fırlatmalısınız ama daha da önemlisi, atış çizginiz suya olabildiğince paralel ve eğer becerebilirseniz, fırlattığınız taş kendi etrafında burnu biraz havaya kalkık bir biçimde dönüyor olmalı. Böylece, suya önce taşın arka kısmı değecek ve bu da daha çok sekmesini sağlayacaktır.

tüyo: *Bunu gerçekleştirnek için, havanın durgun olduğu bir güne ihtiyacınız olacak. Yalnızca su nispeten daha hareketsiz olacağından değil, aynı zamanda rüzgar da taşınızın yörüngesini saptırmasın diye... Yıllardır süregelen bir ataletten sonra, ilk birkaç atışınız iyi olmayacaktır. Sabırlı olun.*

İz Sürücü Baba

Birkaç basit tüyo, Baba'ya bilge bir ormancı imajı kazandıracak.

ZORLUK DERECESİ

★★★☆☆

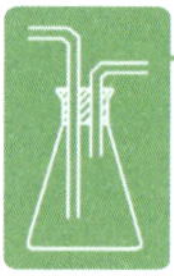

ARAÇ GEREÇ

Keskin bir çift göz.

Nasıl yapılır

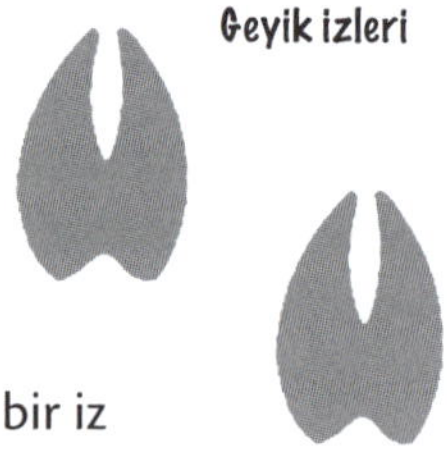

Geyik izleri

Hayvan izlerini tanımak o kadar da zor değildir. Genelde, ormanda ya da kırda karşınıza çıkabilecek sadece birkaç hayvan izi vardır ve eğer bunları tanıyabilirseniz her şey yolunda demektir.

Geyiğin bir nevi bölünmüş kalbi andıran bir iz bırakan ayrık toynakları vardır. Bazen bunun arkasında, arka tırnakların bıraktığı ufak noktalar olur. Yetişkin bir geyiğin ayak izi genellikle 5 ile 7,5 cm arası uzunluktadır.

Köpeklerin, kedilerin ve benzeri hayvanların ayak izlerinde, ortada bir taban ve önünde dört farklı parmak izi bulunur. Kedi ve köpek izlerinin arasında boyut dışındaki önemli bir fark, genelde köpeklerin ayak izinde tırnakların bıraktığı izleri de görebilmenizdir—kedilerin aksine köpekler tırnaklarını geri çekemezler. Kedilerin ayak izi bir uçtan diğerine genellikle 2,5 ile 4 cm arasındadır. Diğer vahşi kediler, vaşaklar, karakulaklar ve pumaların ayak izleri evcil kedilerinkine çok benzer, sadece daha büyüktürler.

Kedi izleri

Yukarıda köpek benzeri hayvanlardan bahsettik, çünkü ormanlarda köpeklerinkine benzer iz bırakan başka hayvanlar da vardır. Mesela tilkiler. Bir tilkinin ayak izi genellikle 5 cm uzunluğunda ve yaklaşık 4 cm genişliğindedir. Çakallar büyük, köpeklerinkini andıran ama evcil köpeklerinkinden biraz daha dar bir iz bırakırlar ve sadece en içteki parmaklarındaki iki tırnakları görülür. Bu tırnaklar içeri doğru kıvrıktırlar.

Köpek izleri

Porsukların ana tabanlarının oldukça geniş ve dört yerine beş parmaklarının olması dışında, bazı yönleriyle köpeklerinkine benzeyen ayakları vardır. Bu porsuk familyasının tüm üyeleri için geçerlidir, mesela gelincikler ve balıkçı sansarlar gibi. Bugünlerde, banliyölerdeki çöp kutularını devirerek hayatta kalan rakunların pençeli olmakla birlikte insan elini çok andıran ayakları vardır. Opossumların da elleri vardır, hatta bunlar tedirginlik verici bir biçimde çocuk eline benzer; tıpkı insanlarınki gibi diğer parmaklarının karşısında kullanabildikleri başparmaklarına varana dek.

Kemirgenler familyası üyelerinin (fare, tarla faresi, sincap, kızıl sincap ve dağ sıçanını içerir) türlerine özgü bir şekilde ön ayaklarında dört, arka ayaklarında beş parmakları bulunur. Kemirgenler arasından tavşanların izleri kolayca ayırt edilebilir. Yan yana iki büyük iz (arka ayakları) ve çok daha küçük, değişken izler görürsünüz (ön ayakları).

Eğer bir kuş izine bakıyorsanız, dünyanın neresinde olursanız olun, izleri bırakan kuşun yerde yürümeye mi, Yoksa uçarak dolaşmaya mı alışık olduğunu anlayabilirsiniz. Güvercinler ve sığırcık kuşları iyi yürüyüşçülerdir ve bizim ayak izlerimiz gibi birbirini takip eden nisbeten daha büyük izler bırakırlar. Daha küçük kuşların çoğu zıpladığı için çifter çifter ayak izi bırakırlar.

Tavşan izleri

tüyo: *Sadece basitçe izleri gösterip "Bakın çocuklar, burada bir porsuk varmış" demekten kaçının. İz sürme eylemi biraz drama bekler. Şu nasıl: İzi görmenizin ardından ya da daha büyük ihtimalle çocuklarınızın izi sizin dikkatinize sunmalarından sonra, bir dizinizin üstüne çökün. İzi yakından inceleyin. Gözlerinizi kısarak uzaklara bakın. "Hmmm. Porsuk," deyin. Bir çubukla izi kurcalarken, "Üstelik taze" diye eklersiniz. Sonra, ileriyi göstererek "Şu yöne gidiyor"la performansınızı cilalarsınız. Son olarak, uygun bir bitiriş: "Ormana doğru giden bir sürü iz görüyorum," dersiniz delici bakışlarınızı genç dinleyicilerinize sabitleyerek, "Oysa dışarı çıkan tek bir iz bile Yok!"*

Çimenin çığlığı

Tek bir çimen yaprağından çıkan patırtıya bakın!

ZORLUK DERECESİ

★★☆☆☆

ARAÇ GEREÇ

Uzunca bir çimen yaprağı

Nasıl yapılır

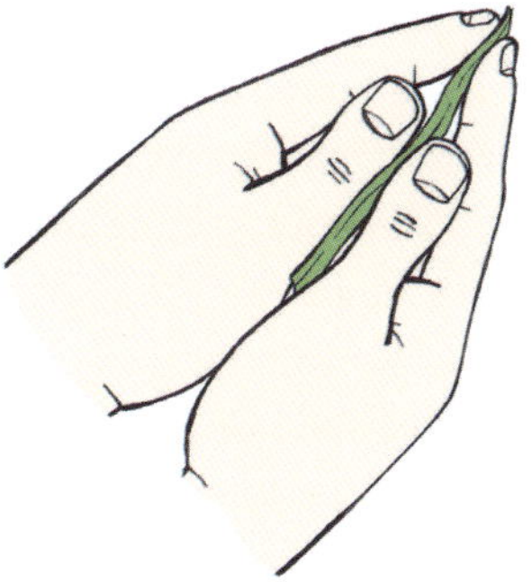

Bu numara için 8–10 cm uzunluğunda bir çimen yaprağına ihtiyacınız olacak. Oldukça geniş bir tane seçin. Başparmaklarınızın ucuyla, avucunuzun etli kısmı arasına gergince yerleştirin. Başparmaklarınızın arasında ufak bir boşluk olmalı ve çimen yaprağı, parmaklarınızın arasında gergin durmalı. Ellerinizi dudaklarınıza götürün ve üfleyin. Yaprağın zar gibi hareket edip titreşmesi sonucunda ortaya çok tiz bir ciyaklama sesi çıkacaktır.

tüyo: *Dolgun eller çimenin etrafının iyice kapanmasını sağlar, yani elleri kemikli babaların, numaraya yardımcı olması için fazladan birkaç çörek yemelerinde fayda var (Bakınız sayfa 96–97).*

Kızılderililerin işaret dili

Baba mutfak masasında otururken, efsanevi kabile şeflerinin ruhlarını yardıma çağırıyor.

ZORLUK DERECESİ
★★★☆☆

ARAÇ GEREÇ
Yok.

Nasıl yapılır

Öncelikle bu dili akıcı bir şekilde konuşamayacağınızı kabul edin. Orta ve Kuzey Amerika'nın ovalarında, gramer olarak tamamen farklı diller konuşan, birbirleriyle tamamen alakasız grupların iletişim kurabilmesi için geliştirilen Kızılderililerin işaret dili, sağır dilsizlerin bugün kullandıkları işaret dilleriyle eşdeğer, son derece karmaşık bir dildir. Aşağıda anlatılacaklar, İngilizce konuşan bir trafik polisine, acilen neden durulması yasak bir alana park ettiklerini açıklamak durumunda kalan bir Oglala Siu'ları için çeviri yapmanıza yeterli olmayacaktır. Burada sadece izleyicilerinizin ilgisini çekip, onları eğlendirecek bilindik bir takım işaretler üzerinde duracağız.

İşaret diliyle yapılan konuşmaların çoğu, eller aşağı yukarı göğüs seviyesinde ve genellikle sağ elle yapılırken, sol el, sağ elin söylediklerini süsleyip, nitelemek için kullanılırdı. Görece olarak basit fikirler bile, genellikle bir ya da birkaç işaretin bir arada kullanılmasıyla ifade edilirdi. İşte temel birkaç terim:

Baba: Sağ avucunuzu hafifçe çukurlaştırın ve göğsünüzün sağ tarafına nazikçe iki ya da üç kez vurun. Bunu erkek anlamında yapılan işaret takip eder: Avucunuz karşınızdaki insana dönük,

sağ elinizin işaret parmağını havaya kaldırın, diğer parmaklarınız kapalı olsun.

Anne: Sağ avucunuzu hafifçe çukurlaştırın ve göğsünüzün sol tarafına hafifçe vurun.

Oğul: Erkek için yapılan işareti yapın, sonra sağ el kapalı ve işaret parmağı havaya kalkıkken, oğlunuzun boyunu gösterin.

Kız çocuk: Parmaklarınız hafifçe kırık bir şekilde ellerinizi kafanızın iki yanına götürün, sonra ellerinizi sanki saçlarınızı tarıyormuşsunuz gibi aşağı hareket ettirin. Bu işaret sadece sağ el kullanılarak da yapılabilir.

Bebek: İşte çok kolay anlaşılır bir örnek. Sağ yumruğunuzu sıkıp, önünüzde tutun, sonra sol elinizle sağ kolunuzu dirsekten itibaren bebek tutuyormuşsunuz gibi kucaklayın.

Artık bu temel işaretleri öğrendiğimize göre, haydi biraz daha karmaşık kavramlar ekleyelim:

Yemek: Sağ elinizi çukur yapıp, dudaklarınıza götürün sonra aşağı indirin. Bunu sanki yemeği kaşıklıyormuşsunuz gibi tekrar edin.

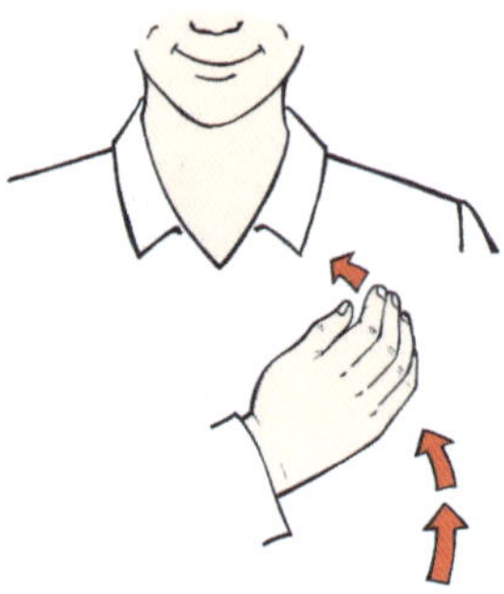

İçmek: Konuştuğunuz insana doğru yan dönüp, elinizi çukur yapın ve yavaşça ağzınıza doğru yaklaştırın. Bu hareket ayrıca su anlamına da gelir.

Seni seviyorum: İşaret dili, sevgi yerine arkadaşlık sembolünü kullanır. Yani aslında önce başparmağınızla kendinizi işaret edip (ben), sonra işaret parmağınızla diğer insanı gösterip (sen), en son olarak da arkadaşlık sembolünü yapmayı deneyebilirsiniz; sağ elinizin işaret ve orta parmaklarını beraber havaya kaldırın ve omuz seviyesine yükseltin.

Son olarak, burada tarafımızdan oldukça kabaca çevrilmiş olsak da her babanın çok faydalı bulabileceği bir cümle: Önce sağ işaret parmağınızın tırnağını açık haldeki başparmağınıza bastırın, ardından önce işaret parmağınızla çocuğunuzu, ardından başparmağınızla kendinizi işaret edin. Son olarak da sağ elinizle sol göğsünüze hafifçe vurarak, her babanın imdadına yetişen son çarenin, bu dildeki karşılığını yaratmış olun: *Annenize sorun.*

tüyo: *Yanlış anlama sonucu yaralanmaları engellemek adına, bu hareketleri yakın akrabalar dışında birilerinin yanında denemeden önce, daha çok araştırma yapılması tavsiye edilir.*

Burun üstünde kaşık

Yemekler arasında ya da servis beklerken vakit geçirmenin harika bir yolu.

ZORLUK DERECESİ

★★☆☆☆

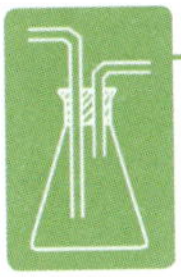

ARAÇ GEREÇ

Şeker kaşığı.

Nasıl yapılır

Çocuklarımıza karşı tutumumuz net: "Yemekle oyun olmaz." Ama yemek yerken kullanılan aletlerle oynamak, işte o farklı bir hikayedir. Bu eğlenceli numaranın müdavimleri, altın mı iyidir gümüş mü tartışadursun, aslında hemen her tür şeker kaşığı iş görür. İşte yapılışı: Önce parmağınızın ucunu yalayıp, burnunuzun ucunu ovalayın. Sonra kaşığın üstüne birkaç kez hohlayın ki buğulansın. Şeker kaşığını alın, kafanızı geriye doğru atın ve kaşığı burnunuzun üzerinde dengeleyin. Sonuç, tam bir şenlik. Gerçekten de baba kaynaklı neşeli anlar tarihinde, hiçbir zaman bu kadar az çabayla bu kadar çok eğlenilmemiştir.

tüyo: *Lokasyon seçin. Ev her zaman iyidir, aynı şekilde çocukların yemekleri beklerken sıkıldıkları herhangi bir havalı restoran da. Varsın garsonlar bundan hoşlanmasın, sizin paranız da herkesinki kadar kıymetli. Öte yandan, eğer bir açılışa katılıyorsanız, hele hele devlet protokolü de davetliyse, bu numarayı evde bırakmak iyi bir fikir olabilir.*

Vantrilokluk

Sesinizi başka bir yerden geliyormuş gibi kullanabildiğinizde, “Dudaklarımı oku.” cümlesi artık aynı anlama gelmeyecek.

ZORLUK DERECESİ

★★★★☆

ARAÇ GEREÇ

Şart değil.

Nasıl yapılır

Bazı insanlar bu mevzuda gerçekten iyi olabilmek için yıllarını harcasa da, vantrilokluğun temellerine vakıf olmak aslında şaşırtıcı bir şekilde kolaydır.

Amaç, herkesin bildiği üzere, dudaklarınızı kıpırdatmadan konuşmaktır. İşin sırrı, çenenizi hafifçe açık, birbirlerinden hafifçe ayrı dudaklarla rahat ama göze çarpmayacak bir şekilde kilitlemekte yatar. Bu pozisyon, öyle görünmemekle beraber, konuşabilmenizi sağlar. Konuşurken normalde çıkardığımız seslerin bazıları dudaklarımızın açık olmasını gerektirdiği için, bu sesleri biraz daha değişik bir biçimde çıkarmayı öğrenmemiz gerekecek. En çok sorun yaratan harfler B, F, M, P ve V'dir. B için G sesini kullanmayı deneyin yani balık galık, banka da ganka olsun. F sesini kullanırken güçlü bir nefes verin ve kısa bir H sesi çıkarmayı deneyin. Yani Faruk Fharuk olsun. M için N, P'lerin yerine de K kullanın (düşündüğünüz kadar acayip bir ses çıkmıyor) ve V sesini çıkarırken de nefesinizi sert bir şekilde verin. Her şeyden önce pratik yapın. Ayna karşısında tekrar tekrar alfabenin üzerinden geçin. Hazırlıklarınızı belli etmek istemezsiniz, dolayısıyla bunu yapmak için en iyi lokasyon iş yerindeki tuvaletlerdir. Burada günde üç, dert kez pratik yapın ve alfabeyi ezberleyin. Kimin umurunda olabilir ki? Sonra kelimelere geçin.

Sesinizi başka bir yerden geliyormuş gibi çıkarabilme yeteneğini edindiğinizde, sesin kaynağı olarak göstereceğiniz bir şeye ihtiyacınız olacak. Bunun illa çok özel bir şey olması gerekmez. Su ısıtıcıları ve tencereler—aslında kapağı olan herhangi bir şey—kapaklarını kaldırıp indirerek konuşturulabilirler. İşaret parmağınızın ilk boğumunun iki yanına göz çizerek ve bu parmakla baş parmağınızın arasındaki açıklığın kenarlarına güzel bir çift dudak yaparak bir kukla hazırlayabilirsiniz. Kolunuzun dirsekten aşağı kısmına bir bulaşık havlusu ya da başka bir bez sarın, onu diğer elinizle kucaklayın ve işte konuşan bir bebeğiniz oldu.

Nedenini bilmesek de vantrilokların kötücül kuklaları popüler kültürün favori temalarından gibi görünüyor. Kukla nispeten iyi huylu olabilir—Edgar Bergen'in meşhur Charlie McCarthy'si gibi mesela. Ya da korku filmlerindeki gibi düpedüz şeytani... Bela aramayan bir vantrilok kuklası neredeyse Yok gibidir.

Chuky ve benzeri filmlerin ilgi alanına girmeden de kendi programınıza biraz gerilim katmayı deneyebilirsiniz. Mesela diyalog şöyle gelişebilir; konuşan bebeğiniz sizin bütün engellemelerinize rağmen Damdaki Kemancı'dan "Ah Bir Zengin Olsam"ı söylemeye çalışır. Ses çıkarmasını engellemeye çalışın ("ımm" seslerini çıkarmak gerçekten konuşmaya çalışmaktan çok daha kolaydır). Son olarak, "Ben, Yüz Kapan"ı (bkz. sayfa 31) hatırlatacak şekilde bebek/konuşan el direk boğazınıza saldırabilir. Ama bunu fazla abartmayın—onun sesini de çıkarmak durumundasınız ve boğazı sıkılan sizken boğulan kuklanız olursa çocuklar durumdan şüphelenebilirler.

Bir gönüllü de kullanabilirsiniz. Çocuğu dizlerinize oturturken, onları konuşturacağınızı söyleyin. Arkalarına her dokunuşunuzda ağızlarını açıp kaparlar ve bu sırada siz de onların ağızlarından sözcükler çıkmasını sağlarsınız. Becerideki yetersizlikler, ardından gelecek müthiş kahkaha sayesinde görmezden gelinecektir.

tüyo: *Kuklanız olarak bir çocuğu kullanırken, onlara duymak istediklerinizi söyletmenin dayanılmaz cazibesine kapılmayın. "Bütün sebzelerimi yiyeceğim" ve "Yatak vakti geldiğinde hiç mızırdanmayacağım" gibi cümlelerden uzak durmaya çalışın. Tüm bunların amacı onların eğlenmesi olmalı, sizin bir mesaj vermeniz değil.*

Gölge oyunu

Baba ellerini ve ışığı ustalıkla kullanarak, gölge figürlere hayat veriyor.

ZORLUK DERECESİ
★★★★☆

ARAÇ GEREÇ
Açık renkli bir duvar ve ışık kaynağı—en iyisi masa lambasıdır ama neredeyse her lambayla idare edilebilir.

Nasıl yapılır

Televizyondan önce filmler vardı ve filmlerden önce ise gölge figürler ya da diğer adıyla gölge oyunları. Biraz pratik gerektirir ama sonuçta ödül kaçınılmazdır. Gölge oyunu genelde en iyi, geceleri, çocuğun yatak odasında ve uyumasından hemen önce icra edilir.

Işık kaynağınızı alıp, belirgin bir kontrast yakalayabileceğiniz açık renkli bir duvara doğru yönlendirin. Ellerinizi ışık ve duvar arasına koyup, bir sihir dokumaya başlayın. Aşağıda çok etkileyici üç gölge figürü yapmanın yolları anlatılacak. Bunları bir kez öğrendiğinizde, daha da ilerleyip, kendi figürlerinizi yaratabilirsiniz. Her zamanki gibi ustalaşmanın yolu pratik yapmaktan geçer.

Aşağıdakiler ışık solda, duvar sağda farz edilerek anlatılmıştır.

Köpek

Sağ elinizin başparmağını havaya kaldırın. Bu köpeğin kulağıdır. Şimdi işaret parmağınızı kıvırın (Birinci bölümdeki kayıp parmak şakasını defalarca yapmaktan, iyice esneklik kazanmış). Elinizin diğer üç parmağını ileri uzatın; orta ve yüzük parmaklarınız birbirine yapışık ama yüzük parmağınızla serçe parmağınız arasında biraz boşluk olsun. Sonra başparmak havada, sol elinizi sağ elinizin biraz gerisine koyun. Bu köpeğin diğer kulağı olacak. Parmaklarınız aşağıda biraz

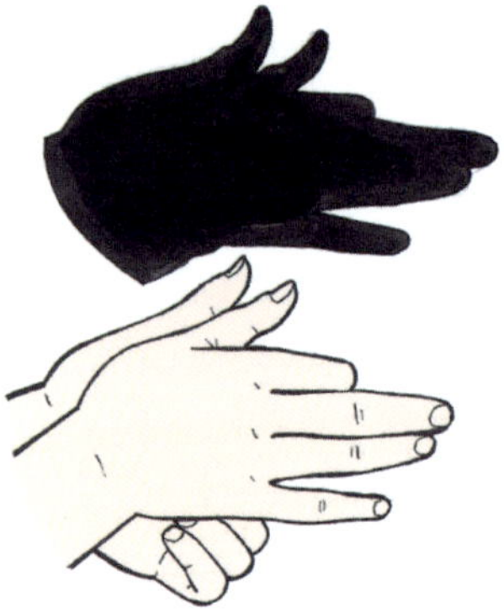

kıvrılmış olmalı; çok değil, yani yumruk yapmayın. Sol elinizin yüzük ve serçe parmakları sağ elinizin altında, köpeğin boynunu oluşturacak şekilde çıkıntı yapmalı (Eğer isterseniz, yüzük parmağınızın posizyonunu değiştirerek köpeği bir guatr sahibi yapabilirsiniz. İzleyicilerinizi tanıyan sizsiniz.)

Tavşan

Köpek konusunda ustalaştığınızda, bu daha karmaşık figürü deneyin. Avucunuz yere bakarken, sağ elinizin işaret ve orta parmaklarını ileri uzatın ve hafifçe kırın. Yüzük ve serçe parmaklarınızı gevşek bir şekilde kapatıp, açık ve hafifçe kıvrık durumdaki başparmağınıza dayayın. Sol elinizi avucunuz yukarı bakar halde sağ elinize dayayın, başparmak elinizin yanına dayalı olsun. İşaret parmağı ışığın geçebilmesi için küçük bir boşluk bırakacak şekilde bükülmüş olmalı (tavşanın gözü). Orta parmak, sol kulağı oluşturmak üzere nahoş (belki de bu safhada tavşanla ilgili hislerinizi yansıtan) bir biçimde dik durmalı, yüzük ve serçe parmakları da sağ kulağı oluşturmak üzere bir arada olmalılar. Regardez! Un lapin! (Bakın! Bir tavşan!)

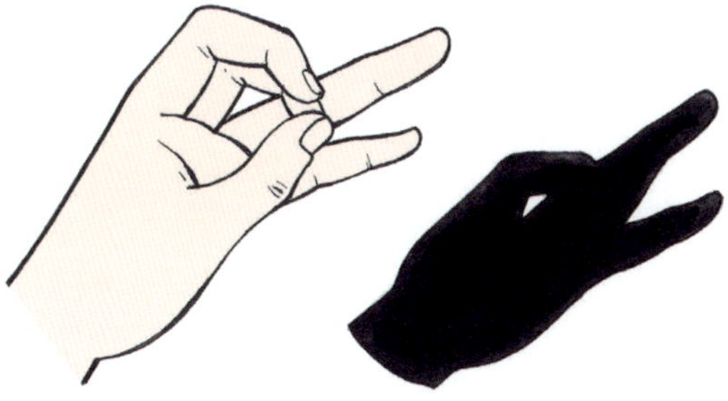

İki Ördek

Bazen "iki yavru kuş" da denilen bu gölge figürde, basit, tek bir figür değil bir tablo oluşturmaya teşebbüs ediyoruz.

Her iki elin başparmağını, ellerin yanına dayalı tutarken, işaret ve orta parmaklarınızı beraberce kıvırın ve orta parmağınızı yüzük parmağınızın birinci ve ikinci boğumlarının arasına dayayın. Bu iki ördeğin kafasını ve gözünü oluşturacak. Yüzük parmağınızı, dışarı doğru dümdüz uzattığınızdan emin olun. Sonra, serçe parmağınızı uzatıp, ucu yüzük parmağının 2–3 cm altında olacak biçimde hafifçe yere doğru eğin. Bunlar beraberce ördeğin gagasını oluşturacak. İki de hareket eklenirse, gerçek bir performans doğar. Ördekleri konuşturmak için aşağıdaki serçe parmağınızı aşağı yukarı hareket ettirebilir ya da kendi çocuk yetiştirme tercihlerinize bağlı olarak, onları öpüştürebilir veya kavga ettirebilirsiniz.

tüyo: *Hırslı bir gölge oyuncusunun önünde pek çok olasılık vardır. Israrlı çalışmayla giderek daha da karmaşık ve eğlenceli gölge figürler yaratılabilir. İzleyicilerinizi neyin memnun edeceğinin ve onlar için neyin uygun olduğunun kararını siz vereceksiniz. Bununla birlikte, daha sofistike, karmaşık ve belki de rahatsız edici imgeleri (akla Angelina Jolie geliyor) daha büyük çocuklara saklamak muhtemelen en iyisidir.*

Kazoo tarağı

Baba gündelik bir nesneyle müzikal bir sihir yaratıyor.

ZORLUK DERECESİ
★☆☆☆☆

ARAÇ GEREÇ
Cep tarağı ve ipek kağıt.

Nasıl yapılır

Dünyanın önemli orkestraları tarafından acımasızca göz ardı edilmesine rağmen, kazoo kesinlikle büyük ses getirecektir. Ufak bir tarak ve bir parça ipek kağıda ihtiyacınız var. Unutmayın lütfen; ipek kağıt dediğimizde kağıt mendil ya da "yüz temizleme" kağıdını değil, bazen hediye paketlemekte kullanılan, daha ince ve sert ipek kağıtları kast ediyoruz (aslında normal bir kağıt da iş görür ama bu kadar iyi titreşmez). Kağıttan, tarağın genişliğinde ve katlandığında tarağın üstünü tam olarak kaplayacak, küçük bir parça ölçüp, kesin. Kağıdı, tarağın dişlerinin olduğu taraftan, tarağın üstüne doğru katlayın (tam da bu sebepten, fazla kullanılmamış bir tarak tercih edilecektir). Neden bilmiyoruz ama en iyi titreşimi yaratan budur. Şimdi diş tarafı size dönük biçimde, kazoo tarağı dikkatlice ağzınıza yerleştirin. Bunu çok nazik bir şekilde yapmalısınız ve dudaklarınızın mümkün olduğunca kuru olması çok önemli. Dudaklarınızla tarağa ve kağıda bastırın. Şimdi mırıldanın: Hangi parçayı isterseniz onu. Kağıdın titreşerek tatmin edici bir kazoo sesi çıkarması gerekir. Bu arada, çocuklara da çalmaları için izin vermeyi unutmayın—Pink Floyd'un The Wall'unu baştan sonra çalmak her ne kadar cezbedici olsa da nasıl yapıldığını kendileri öğrenmek isteyeceklerdir.

Evinizde bir sürü başka enstrüman daha bulunur. Tencere ve tavalar, tahta kaşıkla çalındıklarında iyi birer davul olurlar (bununla birlikte ruh sağlığınıza kalıcı bir zarar da verebilirler). Kağıt havlu rulosundan bir trompet yapılabilir. Dudaklarınızı buruşturup, ruloyu dudaklarınıza iyice dayayın ve üfleyin. Sıradan yemek kaşıkları vurmalı çalgı olarak çok iyi iş görür. İki kaşık sırt sırta yerleştirin, işaret parmağınızı aralarına koyun ve başparmağınızla üstteki kaşığın sapına bastırın. Sağ elinizdeki kaşıkları, sol avucunuz ile baldırınız arasında tutun ve ardından bir aşağı bir yukarı, baldırınıza ve avucunuzuna vurdurarak "çık–çıkı çık–çıkı" gibi bir vurmalı sesi çıkartın. (Bilinmeyen sebeplerden dolayı kaşıkları çalmaya başladığınız anda otomatik olarak "Silifke'nin yoğurdu" ve benzeri halk türkülerini söylemeye başlıyorsunuz. Nörologların teorisine göre kaşıklar, beynimizin derinlerindeki işlevi henüz tam anlaşılmamış "Anadolu guddesini" harekete geçiriyor.)

tüyo: *Baştan çıkıp, nihai Baba numarasını denemeyi düşünebilirsiniz: para kazanmak için çocuklarınızı kullanmak. Bu durumda kazanacaklarınıza karşılık bir takım kayıplara da kendinizi hazırlamalısınız. Eğer şimdi, çocuklarınızın kıymetinizi yeterince bilmediğini düşünüyorsanız... Devam edin, bir ton para kazanın ama 20 yıl sonra televizyonu açtığınızda, kötü bir peruk takmış, aşırı giyinip kuşanmış, takma dişli ikinci sınıf bir aktörü, her şeyin anlatıldığı "Gerçek Kesit"vari bir filmde sizi canlandırırken görmeye hazırlıklı olun.*

Gazeteden palmiye ağacı

Bugünün başlıklarından kesilmiş, tropik bir süs

ZORLUK DERECESİ

★★★☆☆

ARAÇ GEREÇ

Bir gazete –şart olmamakla birlikte mümkünse tabloid boyutlarda olsun– ve bir makas.

Nasıl yapılır

Burada küçük boy gazetelerden bahsediyoruz (genelde gazete ekleri bu boyutta) ancak ikiye bölünmüş büyük formatlı bir gazete de aynı işi görür. Belki de etrafta bedava dağıtılanlardan birini kullanabilirsiniz. Ancak, ileride yol açabilecekleri rahatsızlık verici sorulardan kaçınmak için cinsel içerikli ilanların bulunduğu sayfaları kullanmamak en doğrusudur.

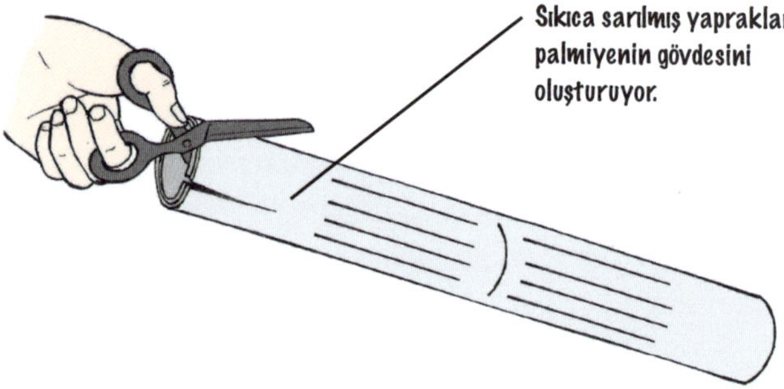

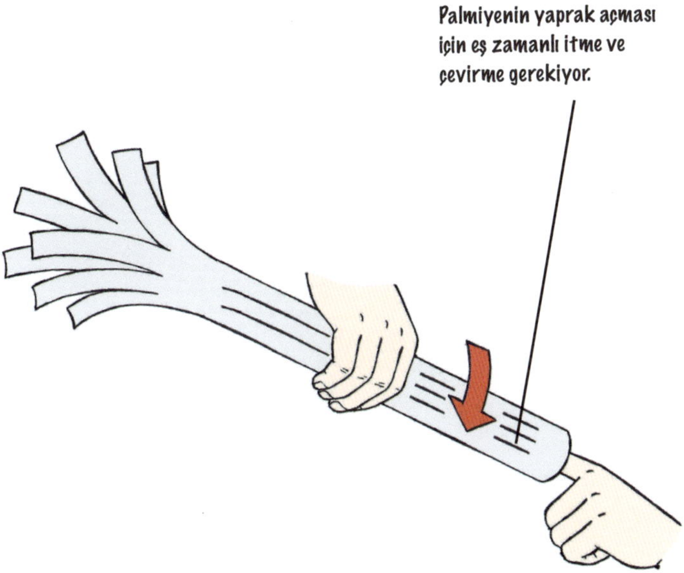

Gazeteden dört ya da beş yaprak çekip alın ve bunları ortadaki çizgiden ikiye ayrırın. Acemilikte sekiz ile on yaprak kullanmak idealdir ama tecrübe kazandıkça daha fazla da kullanabilirsiniz. İlk tek yaprağınızı alın ve boylamasına yuvarlayın. Ortasında parmak genişliğinde boşluk olan güzel, ince bir rulonuz oldu. Şimdi ikinci tabakayı alın ve birincinin etrafına aynı yönde sıkıca sarın. Bütün yaprakları kullanana dek aynı işlemi tekrarlayın.

Bu işi bitirdiğinizde, makası alın ve bir yarısını ortadaki boşluğa sokarak yaklaşık 15 ile 20 cm arası bir kesik atın. Bu hareketi gazete rulonuzun aynı ucunun etrafında 3 – 5 kez tekrarlayın. Sonra, ruloyu sıkıca tutarak diğer elinizin işaret parmağını rulonun dibine sokun. Parmağınızla kağıtları yukarı iterken, diğer elinizle ruloyu yavaşça sıkılaşacağı biçimde çevirin. Bu, içerideki tabakaları yukarı doğru zorlar ve her biri muhteşem bir palmiye yaprağı gibi açılır. Palmiyeyi boyamak da büyülenmiş gözlerle sizi izleyenlerin işi olsun.

tüyo: *"Ev yapımı volkan"da (bakınız sayfa 58–59) Güney Denizi havası yaratırken iyi iş görür. Palmiyeyi açarken "Hawaii Aloha" şarkısını mırıldanmanın kimseye zararı olmaz.*

Jonglörlük

Modern ebeveynlik için kullanılan popüler bir metafor gerçeğe dönüşüyor.

ZORLUK DERECESİ

★★★★★

(Yalan söyleyecek değiliz!)

ARAÇ GEREÇ

Eşit çapta, büyükçe üç top (tenis topu olabilir)

Nasıl yapılır

Bu bebeklerden ergenlere her genç izleyici için çok uygun bir gösteridir. Evet, dürüst olacağız, öğrenmesi oldukça zor ama eğer yeterince zaman ayırırsanız öğrenmemeniz için bir sebep Yok. Kararlılığınız sonunda ödülünü alacaktır.

Önce tek topla başlayın. Topu sağ elinizde tutun (eğer solaksanız, aşağıdakilerin tersini yapın). Kollarınızı önünüzde tutun, yere paralel ve dirsekleriniz yan tarafınızda olacak şekilde dursunlar. Yapacağınız ilk şey, önce göz seviyenize çıkıp ardından kavis yaparak, usulca sol elinize düşecek şekilde topu sağ elinizle havaya atmak (bunu yaparken kendi kendinize "sağ" deyin). Topu yakalarken elinizi yukarı kaldırmamaya çok dikkat edin: Bırakın işi top yapsın ve elinize gelsin. Şimdi "sol" diyerek, sol elinizden sağ elinize geri atın. Topu rahatça sağ elinizden sola ve soldan sağa atacak hale gelene dek bunu tekrarlayın.

Şimdi çalışmamıza ikinci bir top ekleyelim. Bu topu sol elinizde tutun. Sağ elinizdeki topu atarak başlayın. Havaya atıp, kendi kendinize "sağ" deyin. Tam en üst noktaya çıktığında, sol elinizdeki topu da "sol" diyerek havaya atın. Şimdi sol elinizi ilk topu yakalayabilmesi için boşa çıkardınız. Bu topu ve sonra sağ elinizle ikinci topu tekrar yakalarken "yakala" diyebilirsiniz. İki topu da rahatça peş peşe atar hale gelene kadar pratik yapın. "Sağ, sol, yakala, yakala" şeklinde pürüzsüz bir ritim tutturabiliyor olmalısınız.

Son olarak, üçüncü topu da ekleyeceksiniz. Bunu yapabilmek için, sol elinizde bir, sağ elinizde iki top olsun—biri başparmağınızla ilk iki parmağınız arasında, diğeri de avucunuzda olmalı (acemiler dikkat edin: bowling topundan ve izleyicilerin hoşuna giden diğer battal boy toplardan uzak durun—öncelikle basit şeylerde ustalaşın). Önce sağ elinizin parmaklarıyla tuttuğunuz topu havaya atın. Sonra, daha önce de olduğu gibi, bu top en yüksek noktaya çıktığında, sol elinizdeki topu atın havaya. Ama şimdi, sol eldeki top en yüksek noktaya çıktığında, sağ eldeki ikinci topu atın. Size yardımcı olması için, "Sağ, sol, sağ" ve sonra "Sol, sağ, sol" şeklinde devam eden sessiz teraneyi mırıldanmayı unutmayın.

Bunları yaparken bir an aklınızdan, eş zamanlı olarak çocuk yetiştirmek, kariyer yapmak, yaşlı anne babanıza bakmak ve evliliğinizdeki sihri canlı tutmak gibi basit şeylerin, nasıl olup da üç tenis topunu havada çevirmek gibi karmaşık bir şeyle kıyaslandığını geçirebilirsiniz. Yılmayın. Devam edin, sonunda top çevireceksiniz. Kim bilir, sonunda belki numaranıza tek tekerlekli bisiklet, bir elektrikli testere, melon şapka ve şemsiye gibi şeyler eklemeyecek hale gelebilirsiniz. Hiç olmadı, top çevirirken ıslıkla tuhaf sirk melodileri çalarsınız.

Bunu daha önce de söyledik: yalnızca gösteri yapmayın, öğretin de. Bunca emek harcayıp ustalaştığınız numaranın nasıl yapıldığını çocuklarınıza da gösterebilirsiniz. Bu numarayı eğlenmek ve evet, arkadaşlarını etkilemek için kullanabilirler. Daha da iyisi, evde top çevirebilen başka biri daha olduğunda ikili top çevirmeyi yani "paslaşma"yı da deneyebilirsiniz. Sağ elinizde iki topla başladığınızda, topu havaya atmak yerine karşınızdaki kişiye atarsınız. Aynı anda o da size top atar. Atılan topu sol elinizle yakalar ve devam edersiniz. Uzmanlar paslaşmanın toptan ziyade lobutlarla (bowling-de kullanılan, büyük, tahtadan yapılma olanlar) daha iyi yapıldığını söylüyor ama biz alnımızın ortasına inecek şeyin bir top olmasını tercih ederiz.

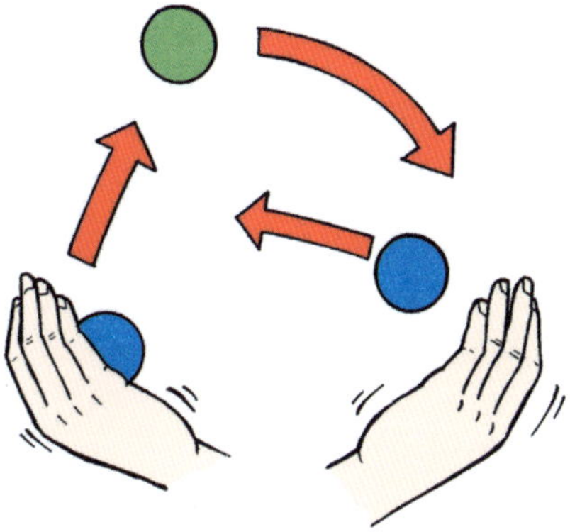

tüyo: *Ellerinizi aşağıda tutmaya çalışın. Toplar doğal bir şekilde ellerinize düşsün ve ileri hareket etmekten kaçının. Eğer topla yapmak çok zor geliyorsa, kimileri şifon eşarp kullanmayı öneriyor. Yine aynı zamanlama sorunlarıyla uğraşacaksınız ancak eşarplar daha yavaş hareket edeceğinden, düşünmeye vaktiniz kalacak.*

BÖLÜM 4

OYUNLAR VE AKTİVİTELER

Donat yapmak

Anne herkesin yemesi gereken şeyi pişirir. Baba çocukların yemek istediği şeyleri pişirir. Bu, neredeyse tüm ailenin karşılıklı zevk alacağı bir eğlence.

ZORLUK DERECESİ

★★★★★

Mutfaktaki ilk işiniz olmamalı.

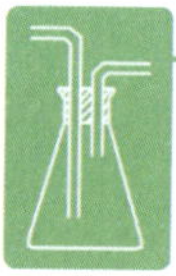

ARAÇ GEREÇ

Yemeklik yağ, tencere ya da tava, çörek hamuru, çok uzaklarda oturan kaynana ve kayınpeder.

Nasıl yapılır

Anne, tam da gerektiği gibi uzaklarda yaşayan anne babasını ziyaret için arabasıyla uzaklaşırken, Baba çocuklarla mutfağa girer. Orada aşağıdaki malzemeleri bulur:

2 fincan (220g) un

½ fincan (115g) şeker

2 çay kaşığı kabartma tozu

1 çay kaşığı tuz

¼ çay kaşığı toz tarçın

1/8 çay kaşığı toz bebe cevizi/muskat

2 yemek kaşığı tereyağ

1 çırpılmış yumurta

ya da margarin, oda sıcaklığında

½ fincan (120ml) süt

Kızartmak için yağ

Üzerine serpmek içik ekstra şeker

Tüm malzemeyi bir araya getirin (yağ ve serpmek için kullanılacak şeker hariç) ve yapışkan bir hamur haline gelene dek sertçe karıştırın. Daha sonra, karışımı unlanmış tahtanın üstüne boşaltın.

Hamuru 1 cm kadar kalınlığa gelinceye kadar açın ve kabarması için 20 dakika bekletin. Sonra, 1,5 cm kalınlığında ve 12 cm genişliğinde şeritler halinde kesip, her şeridi uçlarından birleştirerek, klasik donat şekline getirin (çocuklar için bunu yapmak gayet eğlenceli olur).

Fritözü ya da içinde kızartma yağı olan tavayı 195 dereceye kadar kızdırın. Yağın kızıp kızmadığını anlamak için çörek hamurundan bir çay kaşığı kadar bir parçayı yağa atın. Eğer yağ yeterince kızgınsa köpürecek ve hamur batmayacaktır. Eğer hamur ağır ağır batarsa, sıcaklığın artması için biraz daha bekleyin.

İlk donatları yağa atın, her seferinde birkaç donat atabilirsiniz. Donatları iki taraflarının da eşit pişmesi için bir çatal yardımıyla çevirin ve o göz alıcı altın rengini aldıklarında yağdan dikkatlice alın. Fazla yağdan kurtulmak için bir iki dakika kadar kağıt havlu üzerinde bekletin, sonra da üzerlerine şeker serpiştirin. Tüketin. İşlemi tekrarlayın.

Uyarı: Çocukların takdirinin tadını çıkarırken, bazı babalar şeytana uyup işi abartabilir. "Bi daha, bi daha!" tezahüratları her ne kadar aklınızı çelse de, ne olursa olsun donat için tekrar sahneye çıkmayın.

tüyo: *Televizyon karşısında uyku saatini geçirmiş ufaklıklar, bunu bir de donatla taçlandırmak isteyecektir. Duymazdan gelin.*

Kağıttan tekne

Birazcık sızlanma ve diş gıcırdatmaya göğüs gerin ve klasik bir kağıt tekne yaratın.

ZORLUK DERECESİ
★★★★☆

ARAÇ GEREÇ

Bir yaprak kağıt.

Nasıl yapılır

Standart bir A4 ebat yazıcı kağıdı alın. Uzunlamasına ikiye katlayın ve sonra tekrar açın. Şimdi enine ikiye katlayın. Kağıdın kat yeri yukarıda olacak biçimde, düz olarak masaya koyun. Sol ve sağ üst köşeleri alıp, ilk uzunlamasına katlama sonrasında oluşan kat çizgilerine değecek şekilde ortaya doğru katlayın. Şu anda elinizde yukarıda iki üçgen ve altta uzun bir dikdörtgen var. Alttaki dikdörtgen bölümdeki iki yapraktan üsttekini üçgenlerin üzerine katladıktan sonra, iki kenarda dışarıda kalan kısımları üçgenlerin yan kenarları üzerine katlayın. Kağıdı çevirin ve aynı işlemi bu taraftaki dikdörtgenle tekrarlayın. Artık elinizde şapkaya benzeyen bir şey var.

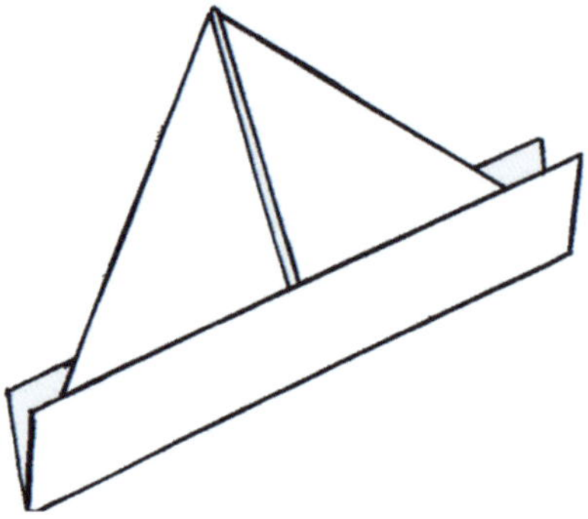

Başparmaklarınızı şapkanın altından içeri sokup, nazikçe sağa sola doğru çekerek şapkayı açın. Şapkayı açıp, ortadan bastırıp, düzleştirince elinizde bir baklava şekli olacak. Baklavanın iki açık ucunu da sırayla yukarı doğru katlayın. İki yüzü bir yarıkla ayrılmış bir üçgen oluşacak.

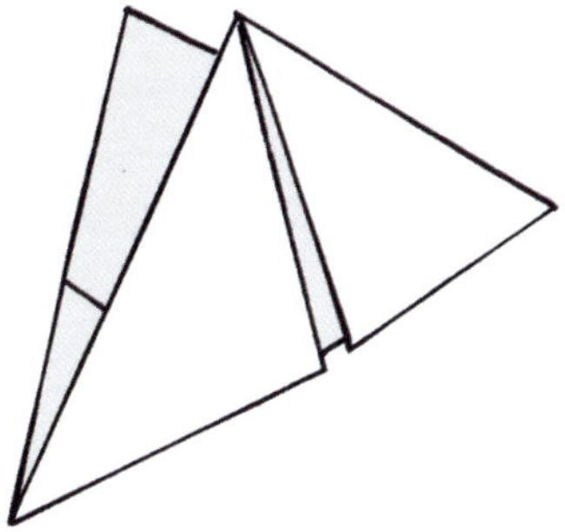

Üçgeni, başparmaklarınızı daha önce şapkaya yaptığınız gibi alt tarafındaki açıklığa sokarak açın. Bir kez daha köşelerden bastırıp, düzleştirdikten sonra elinizde yeniden bir baklava olacak. Baklavanın tepesinde birleşen sağ ve sol yarıları tutup çekerek açın. Önce teknenin üçgen şeklindeki sereni görünür, ardından tüm endamıyla tekneniz. Bon voyage!

tüyo: *Bunu doğru yapabilmek için birkaç kağıt kurban etmek zorunda kalabilirsiniz. Müsriflik mi? Unutmayın ki neredeyse tüm prototipler beklenenden daha maliyetlidir ve yapımları tahmin edilenden daha uzun zaman alır. Sizinki neden farklı olsun ki?*

Kartlarla hikaye anlatmak

Nasıl olduğunu hâlâ çözemesek de işe yarayan zekice bir kart numarası

ZORLUK DERECESİ
★★★☆☆

ARAÇ GEREÇ
Bir deste kağıt

Nasıl yapılır

İşte farklı bir kart numarası; içinde yeterince sihirbazlık bulunmasına rağmen, sihirbazlıktan daha çok bir öykü anlatıyor. Bir deste kağıttan asları, papazları, kızları ve valeleri çıkarın. Şimdi, desteden rastgele bir kart alın ve kapalı bir şekilde masaya koyun. Bu han kartıdır. Hangi kartı seçtiğinizin bir önemi Yok, bu kart bütün hikaye boyunca orada öyle duracak.

Ve şimdi hikaye başlıyor. Bir zamanlar dört odalı bir hanı olan şapşal bir hancı varmış. Bir gece, oda arayan dört işçi hana gelmiş. Hancı dört odası olduğu için, her işçiyi bir odaya yerleştirmeye karar vermiş. Burada, dört valeyi alıp, han olarak seçtiğiniz kartın etrafında, ilk valeyi hanın yukarısına (saat 12), ikinciyi sağına (saat 3), üçüncüyü altına (saat 6) ve dördüncüyü de soluna (saat 9) açık bir şekilde koyun.

Daha sonra, diye devam edersiniz, hana oda arayan dört polis gelmiş. Biraz düşündükten sonra, hancı her bir polisi bir odaya yerleştirmeye karar vermiş. Bunun ardından, asları alın ve kartlar açık bir şekilde, en üsttekinden başlayarak teker teker valelerin üstüne koyun.

Şimdi, hancı polisleri odalarına yerleştirip, aşağıdaki resepsiyona döner dönmez, dört kont çıkagelmiş ve evet doğru tahmin ettiniz, geceyi geçirecek oda arıyorlarmış. Ee, bu hancı aptal değil, öyle değil mi? Dört kont, dört oda—ne yapması gerektiğini biliyormuş. Kontların her birini bir odaya yerleştirmiş. Burada, her bir kart yığınının üstüne papazlardan birini alıp, açık bir şekilde yerleştirin.

Bu noktada artık han sahibi kendini oldukça yorgun hissetmektedir, ancak tekrar resepsiyona döner dönmez, her biri geceyi geçirecek oda isteyen dört hanımefendinin beklediğini fark eder. Eh, tabii ki hancı ne yapılacağını gayet iyi biliyor. Kadınları üst kata çıkarır ve odalara yerleştirir. Burada dört kızı alıp, açık bir şekilde papazların üstüne koyarsınız.

Bir dakika sonra, kadınlar koşarak resepsiyona inerler. Delirdiniz mi siz diye sorarlar. İnsanlar bu şekilde, karmakarışık bir halde oda paylaşamaz. Herkesi kim olduklarına göre odalara yerleştirin—bütün işçiler bir odaya, polisler diğerine, kontlar üçüncüye ve kadınlar da dördüncüye. Burada kart yığınlarını elinize alıp, kartlar kapalı halde birbirlerinin üstüne koyun. Şimdi, izleyicilerinize kartları kestirin, istedikleri kadar kesebilirler. Bitirdiklerinde kartları alın ve en üstten başlayıp, saat yönünde devam ederek kapalı bir şekilde, dört karttan oluşan dört yığın elde edene dek, tek tek dağıtın. Şimdi kartları çevirin. Bütün aslar, bütün papazlar, bütün kızlar ve bütün valeler bir arada olacaktır. Neden? Cevap kartların dizilişiyle ilgilidir.

tüyo: *İzleyiciler kartları sadece kesebilirler; karıştırıp, kartların dizilişini bozmadıklarından emin olun.*

Ayaklı publar

İngiltere'den dünyanın her yerine ihraç edilmeye hazır, harika bir araba oyunu.

ZORLUK DERECESİ
★☆☆☆☆

ARAÇ GEREÇ

Bir araba, tali yollar, daha yumuşak içki ruhsatı kanunları ve (en önemlisi) Avrupa'ya yakın ama gerçekte Avrupa'ya değmeyen, İngilizce konuşulan liberal bir meşruti krallık.

Nasıl yapılır

Bu kitap boyunca belirli bir coğrafya ile sınırlanamayacak fikirler üretmek için çok gayret gösterdik. Size şimdiye dek burada gösterdiklerimizin hepsi, dünyanın her yerinde kullanabileceğiniz şeylerdi.

Şimdi, tüm bunları çöpe atacağız. Aslında atmak istemiyoruz ama Ayaklı Publar o kadar güzel bir oyun ki, es geçmek mümkün değil. İngilizler her istediklerinde bu oyunu oynayabilirler. Samimi umudumuz, diğerlerinin bu oyunun nasıl oynandığını görüp, onu kendi yerel şartlarına uyarlamalarıdır. Başka hiç kimseye uymasa bile, İngilizleri seven ufaklılara, mesela Harry Potter hayranlarına çekici gelecektir.

Abuk sabuk konuşmayı bırakalım, işte oyunun oynanışı: Bu, daha çok küçük yollarda oynanabilecek cinsten bir oyun, geniş otoyollarda oynanamaz. Size lazım olan kırsal alanlardaki yollar ve şehirlerdeki caddeler. Arabayla yol alırken ufaklığı görevlendirin ve ona işinin pub (pub yerine lokanta isimlerini de kullanabilirsiniz) isimlerine bakmak ve bu isimlerin işaret ettiği toplam ayak sayısının çetelesini tutmak olduğunu söyleyin. Mesela, eğer pub'ın adı "Sarhoş Tüccar" ise bu iki ayak sayılır. Sonra, eğer "Mutlu Futbol Holiganı" adlı pub'ı geçtiyseniz, bu iki ayak daha eder. Sıra kimdeyse pub isimlerindeki ayak sayılarını eklemeye devam eder, ta ki adında ayak olmayan bir puba denk gelene dek; örneğin "Çan" ya da "Buğday Demeti" gibi. Bu noktada o kişinin sırası geçer ve başka biri ayakları toplamaya başlar. Toplam sayı hesaplanır ve seyahat sonunda en fazla ayak toplayan kazanır.

Bu oyunda inanılmaz skorlara ulaşmak mümkündür; örneğin Londra'nın hemen dışında, Windsor yakınlarında, size birdenbire 250 bin ayak kazandıracak "Ordu ve Deniz Kuvvetleri" adında bir pub vardı. Astronomik skorları ve tuhaf oyun dışı kalışlarıyla, Ayaklı Publar, her şeyden çok kriketi andırıyor. Oyunun rastlantısallığı (sıranızı kaybetmek, sizin oyunu nasıl oynadığınız ya da ne kadar akıllı olduğunuzla değil tamamen şansla ilgilidir) bir yandan da çocukları hayatın adaletsiz—hatta kimileri buna trajik diyebilir—yanıyla yüz yüze getiriyor. Her neyse, Ayaklı Publar, Fives (eldivenle oynanan, tenise benzer bir kort oyunu) ve Eton Wall Game (Rugby benzeri bir oyun) gibi daha çok tanınmayı hak eden güzel İngiliz oyunlarından biridir.

tüyo: *Ayaklar dışındaki diğer vücüt parçalarını içeren isimleri (mesela "Dük'ün Kafası") derhal oyun dışı kalma nedeni olarak tanımlayarak oyunu renklendirebilirsiniz.*

Izgara ve maşa

Kablo ve biraz burgu sayesinde ev yapımı bir numara

ZORLUK DERECESİ

★★★☆☆

ARAÇ GEREÇ

İki parça kablo; en iyi işi plastik kaplamalı elektrik kabloları görmekle beraber, herhangi bir kablo olur.

Nasıl yapılır

1900'ler civarında kablolu bulmacalar çok modaydı ve yüzlercesi tasarlanmıştı. Hâlâ matematikçilerin ve diğer zeka küpü insanların favorisidirler, çünkü değerli dersler verirler; mesela ee... topolojiyle ilgili. Topolojinin ne olduğuna dair herhangi bir fikrimiz Yok ve muhtemelen sizin de öyle. Yine de bu yapması ve açıklaması gayet ilginç bir bulmaca ve aslında hiç de o kadar zor değil.

Bulmaca iki kısımdan oluşuyor. Önce, kare bir yapı olan ızgara kısmı var ki bu az çok bir labirenti andırıyor. Çizime baktığınızda, ızgara telinin bir ucunun açıkta bırakılmış, diğer ucunun ise ızgaranın etrafında geniş bir halka haline getirilmiş oldugunu göreceksiniz. İkinci parça ise maşa ve bu da uzun ve dar bir ağızdan, birkaç düğümden ve ardından da iki süslü kıvrımdan oluşuyor.

Bu iki şekli yapmayı bitirdiğinizde—bir pense kullanmanın faydası olabilir—ve maşanın ızgaraya sağlam bir şekilde tutturulduğundan emin olduğunuzda, bulmacayı izleyicilerinize uzatın ve onlardan maşayı eğip bükmeden ve ızgaradaki geniş halkayı açmadan ızgaradan ayırmalarını isteyin. Izgaranın bir ucu açık olduğu halde, maşayı sağa sola oynatarak ızgaradan ayırmak asla mümkün değildir. Ama bırakın da izleyicileriniz bunu kendileri keşfetsin. Ne yapmaları gerektiğini belki bulurlar, belki de bulamazlar.

İşin sırrı, biraz kalıpların dışında düşünmekte yatıyor. Maşayı ızgaranın ucundaki küçük halkadan geçirin. Önce maşanın uzun halkasını geçirin, sonra yavaş yavaş maşanın saplarını birer birer halkanın üstünden ve içinden geçirin. İlk bakışta sanki geçmeyeceklermiş gibi görünecektir, ama geçecekler!

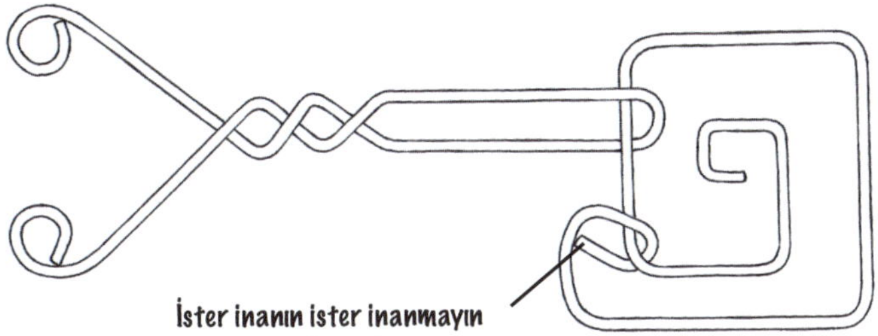

İster inanın ister inanmayın gizemin anahtarı bu düğümdür. Maşayı bu düğümün içinden geçireceksiniz.

tüyo: *Bu numarayı yeterince zorlu hale getirmenin anahtarı, ızgara üzerindeki halkayı maşanın halkasıyla aşağı yukarı aynı genişlikte yapmaktır. Fazla küçük olursa numara imkansızlaşır, fazla büyük olursa da çözüm fazla aşikar olur.*

"Altın Saç"

Uyku vakti geldiğinde ufaklıkları korkutacağı kesin bir hayalet hikayesi.

ZORLUK DERECESİ
★★★★☆

ARAÇ GEREÇ

Yok.

Nasıl yapılır

Her babanın iyi bir hayalet hikayesine ihtiyacı vardır. İşte Kanadalı hikayeci Lorne Brown tarafından anlatılan, Korsika kaynaklı bir örnek.

Bir zamanlar Altın Saç olarak bilinen güzel, sarışın bir kız varmış. Altın Saç'ın köyüne bakan kalede, onun altın saçlarını seven kötü kalpli Kont Renaldo yaşarmış. Kont, Altın Saç'la evlenmek istiyormuş. Altın Saç'ın annesi, küçük kızı kontes olacağı için mutluymuş. Ve Altın Saç'ın babasına aklı fikri ise, Kont Renaldo'dan alacağı büyük bir çanta dolusu paradaymış. Ancak Altın Saç, aslında Pietro adında bir köylü delikanlıyı seviyormuş. Kont bunu bildiği için bir plan hazırlamış. Bir gece kötü kalpli kont Pietro'yu beklemeye koyulmuş. Pietro geçerken Kont Renaldo fırlayıp, kılıcını deli gibi sallamaya başlamış. Pietro hazırlıksız yakalanmış ve Kont neredeyse işini bitirecekmiş ki, müthiş bir mücadelenin sonunda Pietro, kontu av bıçağıyla öldürmüş. Artık Pietro'nun başı beladaymış zira Kont'un pek çok yandaşı varmış. Çok uzaklara kaçmak zorunda kalmış. Ama ayrılmadan önce Altın Saç'a bir gün döneceğine dair söz vermiş.

Aradan yıllar geçmiş. Bir gün, Altın Saç pazara gitmiş. O gün pazar çok kalabalıkmış ve bir tezgahtan ötekine giderken, küçük bir çocuk kalabalığın arasından çıkıp, ona bir mektup vermiş. Altın Saç mektubu okumuş. Mektup Pietro'danmış. O gece onunla buluşmak için, gece yarısıyla horozun öttüğü saat arasında geleceğini söylüyormuş. Bekle beni diyormuş kıza; onu atıyla uzaklara götürecekmiş.

O gece Altın Saç heyecanla penceresinin önünde beklemiş. Gece yarısı bir at ve binicisi ortaya çıkmış ve binici ona doğru "Şimdi aşağı in, seni uzaklara götüreceğim" diye fısıldamış. Altın Saç, ailesi duymasın diye gizlice merdivenlerden inip, kapıdan çıkmış. Karanlıkmış ve binicinin yüzü bir cüppeyle örtülüymüş. Uzanıp kızı yukarı, atının arkasına çekmiş ve dörtnala gitmişler.

Gece boyunca yolculuk yapmışlar ve Altın Saç'a sanki dünyadaki bütün ülkelerden geçiyorlarmış gibi gelmiş. Bir tarafa bakmış Mısır piramitlerini görmüş. Biraz sonra diğer tarafa bakmış, Çin Seddi'ni geçiyorlarmış. Böylece at binmeye devam etmişler. Bir mezarlıktan geçerlerken bir ses "Bakın bir genç hanımıyla at sürüyor! Peki korkmuyor musunuz bakire? Korkmuyor musunuz?" diye sormuş.

"Korkacak ne var ki?" diye cevap vermiş Altın Saç. "Pietro'mla at biniyoruz".

Başka bir mezarlıktan daha geçmişler ve mezar taşları arasından başka bir ses yükselmiş: "Bak! Bir genç, bir bakireyle at sürüyor. Korkmuyor musun bakire, bir ölüyle at sürmeye?"

"Ölüyle at sürmüyorum" demiş, "Pietro'mla at sürüyorum".

Ancak sonra, binici arkasına dönmüş. Pietro değilmiş, ölüymüş o, uzun zamandır ölü ve çürümüş, Kont Renaldo. Kıza kötü kötü bakıp, "Beni yaşarken reddettin ama ölüyken benim olacaksın" demiş. Böylece dörtnala devam etmişler yola, hatta daha da hızlı ve daha da hızlı, dünyanın ucuna doğru. Orada, onları içeri almak için ölüler krallığının büyük demir kapıları yavaşça açılıyormuş. "Yardım et", diye kontun atına yalvarmış kız. "Dur, lütfen dur!" ama o dörtnala koşmaya devam etmiş.

Şans eseri, o anda Pietro Altın Saç'ın köyüne doğru gidiyormuş. Çığlıkları duymuş. Bu o! Hemen atını döndürüp, kızın peşinden gitmeye başlamış. Kont daha öndeymiş ama Pietro da hemen arkasından gece boyunca hızla sürmüş atını. Yavaşça arayı kapamış. Sadece birkaç adım arkalarındaymış. Altın Saç atlamaya çalışmış ama ölü kont onu altın saçından tutmuş ve bırakmıyormuş. Pietro tam ölüler krallığının demir kapıları ağzına dek açılmışken yakalamış onları. Elindeki av bıçağıyla uzanmış ve kızın altın saçlarını kesmiş ve tam Kont Renaldo ve atı hızla kapıdan girerken kızı yakalamış. Demir kapı büyük bir gürültüyle arkalarından kapanmış. Kont Renaldo elinde kızın altın saçıyla kalmış –ama aslında gerçekten sevdiği şey de oymuş. Pietro Altın Saç'a, kız da Pietro'ya sahip olmuş. Kıza sımsıkı sarılan Pietro hayatlarını büyük bir mutluluk içinde yaşayacakları uzak ülkedeki yeni evlerine götürmüş onu.

tüyo: *İş hikaye anlatmaya geldiğinde, Lorne Brown içten olmayı tavsiye ediyor. Monoton bir sesle mırıldanmayın, ancak el kol hareketleri ve aşırı dramatik ses tonlarından da kaçının. Hikayenin sanki içindeymişsiniz hissini arttırmak için şu süslemeyi önerebiliriz: Hikayenin sonuna gelindiğinde, "mutluluk içinde yaşayacakları uzak ülkedeki yeni evlerine götürmüş onu" kısmından sonra, sıradan bir tonla ekleyin "ta ki bir gün Renaldo dönene..." ve ardından bağırarak "ve kızı yakalayana dek." diye bitirirken aynı anda son sözcüklerinizi iyice etkili kılmak için dinleyicinizi kucaklayın.*

İşte bir tane

Ucu açık, görünüşte bitmez tükenmez bir araba oyunu.

ZORLUK DERECESİ
★☆☆☆☆

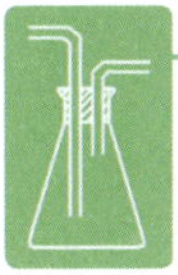

ARAÇ GEREÇ

Yok.

Nasıl yapılır

Bu, çok küçük çocukların gerek kelime eksikliği, gerekse de neler olup bittiğini görebilme becerilerini kısıtlayan çocuk güvenlik koltuklarından dolayı oynamakta zorlanabilecekleri, ancak dikkatli herhangi bir çocuğun zevk alabileceği bir tahmin oyunu. Oynanışı şöyle: İlk olarak siz, yani Baba, başlar. Yol kenarındaki ya da yoldaki bir şeyi seçin– mesela bir otoyol tabelası ya da bir Vosvos. Çocuklara aklınızda bir nesne olduğunu ve nesneyi her geçtiğinizde ya da gördüğünüzde "İşte bir tane" diyeceğinizi söyleyin. Yolcularınızdan biri gizemli objeyi bulana kadar sıra sizdedir. Sonra onların sırası gelir. Bu oyun, gerçek bir kazananın ya da kaybedenin olmadığı ve oynayanlar oynamak istediği sürece devam eden, müthiş bir sıkıntı gidericidir.

tüyo: *Örneğin "dertli insan" gibi, fazla soyut şeyler seçmekten kaçının. Bariz olsun diye çok alışılmış bir şey ya da oyuncuların asla bulamayacağı kadar ender şeyler seçmeyin. Sahra Çölü'ne girerken bir çam ağacı seçmek çok akıllıcaymış gibi görünebilir ama çocuklarınızın babalarının günlerce hiç konuşmadığını görmeleri onları endişelendirir, hatta korkutabilir.*

Görüntülü kitap

En temel gereçlerle yaratılan, ev yapımı sinematik sihir.

ZORLUK DERECESİ

★★★☆☆

ARAÇ GEREÇ

Bir ataç ve biraz dizin kartı ya da başka bir ince karton.

Nasıl yapılır

Bu hava atılacak bir numaradan çok öğretilecek bir beceri. (Sanırız, "Bir çocuğa görüntülü kitap yaparsan onu on saniyeliğine eğlendirirsin, bir çocuğa görüntülü kitap yapmayı öğretirsen onu—hayatı boyunca olmasa da—daha uzun bir süre eğlendirirsin" sözünü söyleyen saygıdeğer bilge Konfiçyus idi). Ve görüntülü kitap yapmak fazla zaman alabilecek bir şey olduğu için, bu bilgiyi yaydıktan sonra uyumak, televizyon izlemek ve benzeri önemli aktiviteleri gerçekleştirmek için bol bol boş vaktiniz olacak. Size lazım olan ilk şey bol miktarda ince kart. Klasik dizin kartları iyi bir tercih olabilir ama bulamazsanız aynı incelikteki karton da işinizi görecektir.

Dizin kartlarını 2,5 cm'lik kartlar oluşturacak şekilde enine keserek işe başlayın. Bir dizin kartından beş adet kart elde edebilirsiniz. Asıl iş, kartları oluşturduktan sonra başlıyor. Kolay olsun diye, ilk görüntülü kitabımızın hikayesi olarak çok basit bir şey seçelim; mesela koşan bir çöp adam. İlk karta şeridine, ayakları sanki çok hızlı hareket ediyormuş gibi birbirinden çok ayrık duran bir çöp adam figürü çizin. Daha sonra ikinci karta geçin ve ilk kartta çizdiğimiz çöp adamımızı ikinci kartta baz olarak kullanın, ancak ayakları biraz farklı bir pozisyonda olsun. Sonra ikinci kartta çizdiğiniz çöp adamın pozisyonunu değiştirerek, üçüncü kartta baz olarak kullanın ve bu böyle devam etsin. Bunlardan bir sürü oluşturduktan sonra toparlayın, kartların dış kenarlarının (çizim yapılan yüzlerinin) çevirme kolaylığı açısından hizada olduğundan emin olun ve daha sonra diğer kenardan ataç ya da yaylı kağıt tutturucuyla tutturun. Şimdi sayfaları başparmağınızla hızlıca çevirin ve işte—Baba oldu Martin Scorsese.

tüyo: *Genellikle ne kadar çok çizim olursa, görüntülü kitap o kadar etkili olur ki bu da çocukların kendi kitaplarını yapmaya heveslenmeleri için ek bir sebeptir.*

Dört güzel bilmece

Bu popüler bilmecelerle zekaları keskinleştirin.

ZORLUK DERECESİ

★★★☆☆

Anlatırken kendi kafanızı karıştırmayın, yeter.

ARAÇ GEREÇ

Yok.

Nasıl yapılır

Modern anne babalar oldukça pragmatist. Çocuklarının seyredebileceği yeni bir televizyon programını, yeni bir oyuncağı ve hatta potansiyel bir yeni arkadaşı değerlendirirken düşündükleri tek şey, acaba bu evladımın gelecek hayatında –ki buna savaş alanı da diyen var– işine yarar mı, olacaktır. Günümüzde her şey doğru okulu, doğru üniversiteyi ve nihayetinde doğru işi seçmekle ilgilidir. Ve şüphesiz sizler de, bu kitap boyunca verilen ev yapımı volkanlarla, kağıt uçaklarla ve Mentos patlamalarıyla ilgili direktiflerin, küçük Ali'ye ya da Beren'e ne gibi bir faydası olacağını düşünüyorsunuz. Hepinizin içi rahat olsun. İşte zihinsel gelişim için özel olarak tasarlanmış, bir kelebek ya da güneş ışığından büyük bir zevk alan o çocuksu merakı, bir gün sermaye piyasasında türev araçları alıp satabilmesini sağlayacak—ve biraz da talihin yardımıyla onu bunları yaparken cezai takibata uğramaktan yırtacak—elmas kadar sert ve berrak bir zekaya dönüştürecek dört bilmece. Hem de zararsız bir eğlence kılığında...

Bilmece 1

Soru: Atmosferin başlangıcı, nova ve süpernova'nın sonu, her ayın başlangıcı ve her nebula'nın sonu nedir?

Cevap: Kulağa çok derin bir anlamı varmış gibi geliyor, öyle değil mi? Acaba kara delik olabilir mi? Ya da orijinal Uzay Yolu dizisinde hep ortaya çıkan o tuhaf zaman–mekan portalı mı? Aslında çok ama çok daha basit bir şey. Cevap A harfi.

Bilmece 2

Soru: İlkbaharda dört, yazın iki ve kışın üç ayak üzerinde giden şey nedir?

Cevap: Bir insan, bebekken yerde emekler, yetişkin bir insan olarak dik yürür ve yaşlandığında bir bastona ihtiyaç duyar.

tüyo: *Bu Teb şehrini kuşatan Yunanlı Sphinks'in bilmecesidir. Sphinks, bu bilmeceyi tüm gelip geçenlere sorar ve yanlış cevapladıklarında işlerini bitirirdi. Görünüşe göre Oidipus (evet ta kendisi) bu soruyu doğru bilen ilk kişiymiş ve bunun üzerine de Sphinks ortadan Yokolmuş. Antik efsanelere pek prim vermiyoruz ama eğer sizin o genç delikanlı bu soruyu doğru cevaplarsa, Oidipus'un Baba'sına ve dahası Anne'sine neler olduğunu bilmek isteyebilirsiniz. Tabii ki çok despotça davranmamalısınız, ancak gözlerinizi genç arkadaşın üzerinden ayırmasanız iyi olur.*

Bilmece 3:

Soru: Bağdat'a giderken yedi karısı olan bir adamla karşılaştım. Her karısının yedi çuvalı vardı, her çuvalda yedi kedi, her kedinin de yedi yavrusu vardı. Yavru kediler, kediler, çuvallar ve adamın eşleri. Bağdat'a gidenlerin toplamı neydi?

Cevap: Bu da inanılmaz zor gibi duruyor ve çoğu kişinin, yetişkinler dahil, ilk tepkisi hemen toplama yapmak olur (Hmm, yedi eş artı yedi kedi...) Aslında cevap birdir. Bir tek kişi, yani anlatan Bağdat'a gidiyordu. O adam ya da kadın tüm o yedi eş, yedi kedi ve yedi yavrusuyla karşılaşmış çünkü onlar ters yöne gidiyorlarmış.

Bilmece 4:

Soru: Bu modern bilmecelerin en meşhur olanlarından biridir. Ayrıca da en karmaşık olanlarından. Ama çözülebilir, en azından yaşı biraz daha büyükçe çocuklar tarafından. Hatta, beyinleri okul ve iş yıllarından kalan gereksiz onca şeyle dolu yetişkinlerden daha başarılı bile olabilirler. Eğer en başta bulamazlarsa, siz onlara açıklayabilirsiniz ve böylece onlar da bunu arkadaşlarına sorabilirler. Pekala, işte bilmece şu: İstanbul ve Ankara arasında giden bir tren var ve bu trende bir mühendis, bir itfaiyeci (eski model bir tren bu) ve bir de frenci var. Birinin adı Murat Bey, diğerininki Ertan Bey ve diğerininki de Deniz Bey. Müthiş bir tesadüf eseri, trende aynı isimde üç yolcu vardır. Şimdi, işte ipuçları: İzleyicilerinizin dikkatle dinlemelerini sağlayın çünkü her biri çok önemlidir:

1. Deniz Bey Ankara'da yaşamaktadır.

2. Frenci tam İstanbul ve Ankara arasında yaşamaktadır.

3. Ertan Bey yılda tam 20 bin lira kazanmaktadır.

4. Frencinin en yakın komşusu, yolculardan biri, frencinin tam üç katı para kazanmaktadır.

5. Murat Bey bilardoda itafiyeciyi yener.

6. İsmi frenciyle aynı olan yolcu İstanbul'da yaşamaktadır.

Peki mühendis kimdir?

Öncelikle Deniz Bey'in Ankara'da yaşadığını biliyoruz ama frenci Ankara ve İstanbul'un arasında yaşamaktadır. Yani frencinin adı Murat ya da Ertan'dır. Sonra bize Ertan Bey'in yılda 20 bin lira kazandığı söyledi ama frencinin en yakın komşusu frencinin tam üç katı kazanmakta. 20 bin lira tam olarak üçe bölünemez, yani Ertan Bey frencinin komşusu değildir. Bu Murat Bey olmalıdır. Sonra Murat Bey'in itfaiyeciyi bilardoda yendiğini biliyoruz. Murat Bey'in yolcu ya da trenin bir çalışanı olmasının bir önemi Yoktur: itfaiyecinin adının Murat olamayacağını biliyoruz. Son olarak, frenciyle aynı isimdeki yolcunun İstanbul'da yaşadığını da biliyoruz. Bunun Deniz Bey ve Murat Bey olmadığını biliyoruz, yani frencinin adı Ertan olmalıdır. İtfaiyeci Murat Bey ve Deniz Bey olamayacağından Ertan Bey olmalıdır. Ertan ve Deniz'i bulduğumuza göre mühendis Murat Bey olmalıdır.

Ev yapımı uçurtma

Baba endüstriyel toplumun döküntülerini (ya da benzer bir şeyi) geri dönüştürdüğünde, bakın çocuğun gözleri nasıl falt taşı gibi açılıyor.

ZORLUK DERECESİ

★★★☆☆

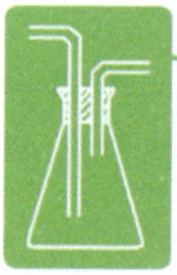

ARAÇ GEREÇ

İnce tel (ip), bant, çıta ve çöp torbası

Nasıl yapılır

Evet, uçurtma satın alabileceğinizi biliyoruz. Evet, iş ellerinizle bir şeyler yapmaya geldiğinde işe yaramaz olduğunuzu da biliyoruz. Ama bu en umutsuz babaların bile yapabileceği bir uçurtma. Çöp torbasıyla başlayalım; mümkünse büyük bir tane olsun, en

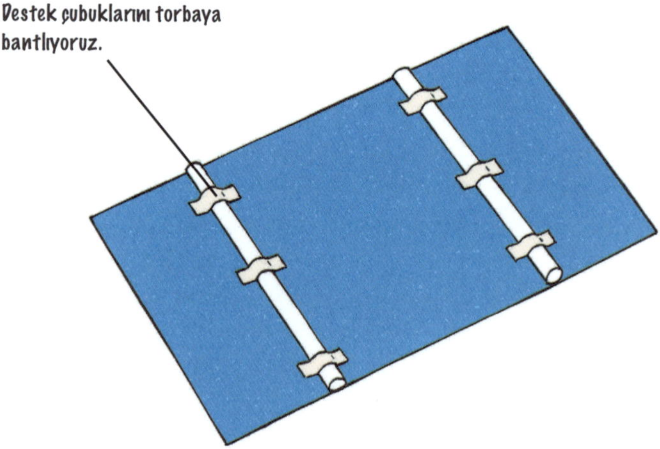

azından 80x45 cm ebatında. Torbanın sadece tek bir yüzünü kullanacağımızdan, ek yerinden kesip, bir tarafını kenara koyun. Birazdan buna ihtiyacınız olacak. Diğer yarısını, genişliği yüksekliğinden fazla olacak şekilde yere yayın. Köşeleri, ortada buluşacakları biçimde içeri katlayın ve içeride oluşturdukları düz çizgiyi işaretleyin. İşaretlediğiniz hat boyunca, bir kenardan ötekine uzanan iki destek çubuğunu bantlayacaksınız. Destekler hemen her şeyden yapılmış olabilir—mukavva, plastik şeritler, hatta bambu sırıklar bile—ancak (a) hafif, (b) sağlam olmalılar. Şimdi desteği ölçüp, uzunluğunun üçte birlik kısmına bir işaret koyun. Torbanın üst sol köşesini alıp bu noktaya katlayın. Aynı şeyi sağ üst köşeyle de yapın. Makasınızla bu kat yerlerini kesin. Daha sonra, alttaki köşeleri, keserek oluşturduğunuz üstteki çapraz çizgiden başlayıp, desteğin en sonuna kadar uzanan çapraz bir

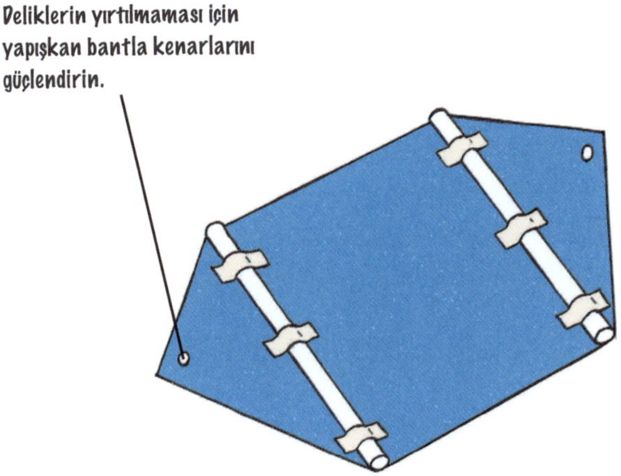

hat üstünde içeri katlayın Bu işlemi diğer tarafta da tekrarlayın. Şu anda elinizde ortasında genişçe bir kısmı olan, geleneksel bir uçurtmayı andıran bir şey var. Sağ ve sol uçlardan 2.5 cm kadar içeride iki nokta işaretleyin ve buralara yapışkan bant yapıştırıp birer delik açın. Burası uçurtmanın bağlarını tutacak. Her deliğe 2.5 metre boyunda çok ince bir ip (naylon bir ip iyi olur) bağlayıp, sonra bunu uçurtmayı kontrol etmekte kullanacağınız, tek parça olan uzun bir ipe bağlayın.

Uçurtmanızın bir kuyruğa da ihtiyacı olacak. Klasik fiyonkları unutun: bu uçurtmanın kuyruğu ilmik biçimli olacak—bir destekten diğerine uzanan 2 metre uzunluğunda 4 cm genişliğinde bir çöp torbası şeridi (Neden olmasın? Elinizde bir sürü var). Bu kuyruk dengeyi sağlayacak. Bu uçurtmayı sert rüzgarlarda uçurmak isterseniz, yırtılmasını önlemek için merkez kısmına 5–6 cm genişliğinde yuvarlak delikler açabilirsiniz.

Belki farkında değilsiniz ama uçurtmaların uzun ve görkemli bir tarihi var. Aşağı yukarı 3 bin yıl önce, muhtemelen Çinliler tarafından icat edilmişler, oradan tüm dünyaya yayılmışlardır. Ve bugün sadece oyuncak da olsalar, bir zamanlar bilimsel araştırmalar için kullanılan ciddi araçlardı. Benjamin Franklin, yıldırımın bir elektirik akımı olduğnu ispatlamak için, bir fırtına sırasında anahtar asılı bir uçurtma uçurmuştu. Havacılığın öncüleri Wrigth Kardeşler, uçabilen ilk uçağın üretimine varan yolda pek çok öncü keşfi, uçurtma uçurarak yapmışlardı.

Her neyse...

Çöp torbası kullanımına Etkin Geridönüşüm denir (Baba pintilik ediyor değil)

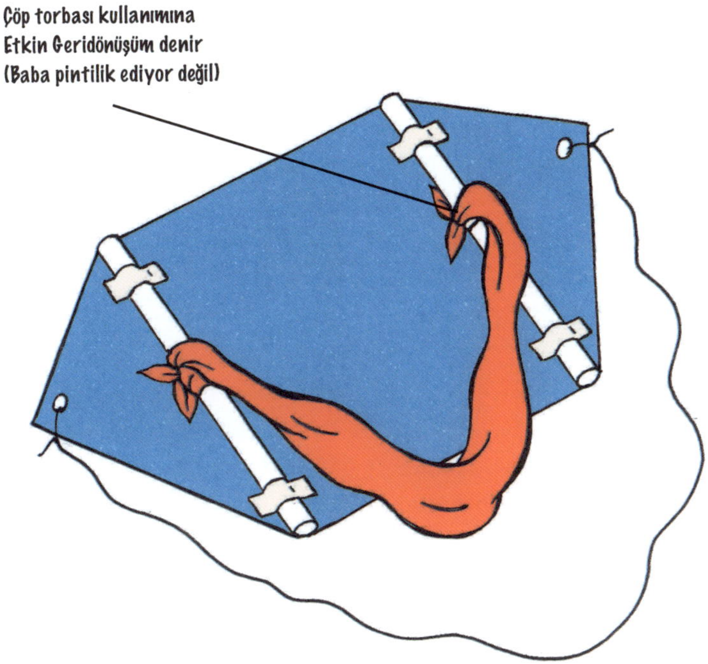

tüyo: *Uçurtma yaptıktan sonra, sıra onu uçurmaya geliyor. Bunun için iki kişiye ihtiyaç var. Biri olduğu yerde kalıp, ipi tutarken, diğeri yaklaşık 9–10 metre kadar yürür ve rüzgar alması için uçurtmayı havada tutar. Uçurtma özgürlüğünü kazanıp, cennete doğru süzülmeye başladığında kalbiniz de kanatlanacak. Şey, en azından teoride böyle.*

Şehrazad Baba

Baba her duruma uygun 1001 gece hikayesi uydurur.

ZORLUK DERECESİ

★★★★☆

ARAÇ GEREÇ

Biraz hafıza, biraz yaratıcılık, biraz da kurgu.

Nasıl yapılır

Çocuklarınıza hikaye okumak harikadır, size kendi çocukluğunuzun da harika olduğunu hatırlatır. Ama kendisine de bir zamanlar çocukken hikaye okunmuş herkesin, hayatı boyunca unutmayacağı başka bir çeşit hikaye anlatma metodu daha vardır: Baba'nın uydurduğu ve yalnızca çocuklar için anlatılan hikaye. Muhtemelen dünyanın en güzel hikayesi değildi—şimdi geri dönüp bakarsanız, muhtemelen çok büyük mantık hataları ve bir sürü eksik bağlantı (Neden neşeli Haziran Böceği Ailesi ofis partisi sonrasında laflarını gevelemeye başladı? Peki ya "Kıyamet Günü Yürüyen Merdiveni"nin neresi korkunç?) olduğunu farkedeceksiniz—ama onların hikayeleriydi, yalnızca onların. Bu, işten bir günlüğüne kaytarmak için bile makul bir hikaye uyduramayan çoğumuz için çok zormuş gibi görünebilir ama ufak adımlarla ilerleyerek herkes bunu başarabilir.

1. Bir karakter yaratın

Burada anahtar dinleyicilerinizi tanımak. Sekiz ve on yaşlarında iki kız mı? Bu durumda 9 yaşında bir kız, kadın kahraman için iyi bir seçim olabilir. Yedi yaşındaki bir oğlanı eğlendirmeye mi çalışıyorsunuz? O zaman ufak bir oğlan işe yarar. İşin sırrı dinleyicilerinizin sizin için işin çoğunu yapacağını bilmekte. Her şeyi detaylandırmak zorunda değilsiniz; sadece oğlanın ya da kızın bir evde yaşadığını ya da kızıl saçlı olduğunu belirtin ve böylece dinleyicileriniz için gerisini hayal ederek tamamlayacakları bir kahraman yaratmış olursunuz.

2. Yön değiştirme

Yeterince peri masalı okur ya da sizi bir senaryo yazarına dönüştürme sözü veren o kitaplarla çalışırsanız, bir hikayeyi başlatanın aslında tek bir olay olduğunu görürsünüz. Alice Harikalar Diyarında'yı düşünün. Alice son derece sıkıcı bir kitap okuyan kızkardeşiyle dışarıda oturmaktadır. Sıkılan Alice etrafına bakınır ve zıplayarak "geç kaldım, geç kaldım" diye mırıldanan beyaz tavşanı görür. Bu Alice'in ilgisini çeker ve yola çıkar. Sizin hikayenizde de benzer birşey olabilir. Kız ya da erkek kahramanınızı okula, markete ya da tatile gönderin ve bu esnada bir şey, ki bu herhangi bir şey olabilir, yaşansın.

3. Mücadeleler ve tepkiler

İnsanların televizyon programları ve filmler hakkında konuşurken üç sahneli bir yapıdan bahsettiklerini duyabilirsiniz. Yukarıda bahsettiğimiz olay ikinci sahneyi başlatır. Hikayeniz buradan itibaren kendine ait bir hayat yaşamaya başlar. Aslında ihtiyacınız olan kahramanınızın karşılaşıp, üstesinden geleceği problemler ve mücadeleler yaratmaktır. Anahtarı olmayan kilitli kapılar, ejderhalar ve insanı perişan eden vergi makbuzları bu tip mücadelelere mükemmel örneklerdir. Bunları yavaş yavaş hikayenize karıştırın ve kahramanınızın bu mücadelelerin üstesinden gelmesini sağlayın. Hikaye anlatmak sizin için bir gece aktivitesi ise, Pauline Macerası (Perils of Pauline, 1947) gibi eski usul sessiz filmlerden tüyolar alın. Eğer kahramanınız nehire atlayarak ejderhadan kaçıyorsa, hemen karşısında bir şelale görmeli. Ama bu durumdan nasıl kurtuldukları başka bir gecenin hikayesidir.

En heyecanlı yerinde biten öyküler, gergin bir merak uyandırırlar ve karakterlerinizi beladan nasıl kurtaracağınızı bulmak için de size tam bir gün kazandırırlar. Eski hikayelerden bazı şeyleri ödünç almaya ya da tekrar kullanmaya çekinmeyin. Hollywood bunu her zaman yapıyor, siz neden yapmayasınız?

Bir çocuk hikayesi anlatmanın en güzel yanlarından biri asla bitmek zorunda olmayışıdır. Birinci ve ikinci sahneniz vardır ama üçüncü sahne için endişelenmeniz gerekmez. Anthony Powell ya da Marcel Proust ciltlerce süren epik eserlerini sonlandırmak istediklerinde, parçaları nasıl birleştireceklerini bulana kadar midelerine kramplar girmiştir ama siz sona aldırmayın ve sadece devam edin; her zaman tüyler ürpertici başka bir kale, büyülü bir orman ya da sorunları olan bir canavar bulunabilir.

tüyo: *Detaylar hakkında fazla endişelenmeyin. Dinleyicileriniz hayal gücü gerektiren tüm zorlukları aşacaklardır. Eğer kadın kahramanınız karanlık bir ormanda koşuyorsa, orada bırakın ya da en fazla karanlık bir çam ormanı haline getirin. Tutkulu bir detaycılıkla doğa tasvirleri yapmayı Yaşar Kemal'e bırakın. Ve üçlere bağlı kalmayı öğrenin. Bazı sebeplerden dolayı, peri masalları ve halk hikayelerinde her şey üçün etrafında dönüyor gibidir: üç harika köpek, üç kapı, üç güzel prenses. Bu kuralı kabullenin ve sırf aceleniz var diye iki kapı, iki harika köpek ya da iki prensesle idare etmeye kalkışmayın.*

Zavallı ölü fare

Görünüşte bir donanım sorunu, gerçekte teknoloji uzmanı Baba sahnede.

ZORLUK DERECESİ
★★★★★

ARAÇ GEREÇ

Bir parça yapışkan bant; gizlenebilecek kadar ufak olsun.

Nasıl yapılır

Gezegendeki her çocuk, bilgisayarlar, internet ve görmemeniz gereken şeylerin nerede bulunabileceği gibi konularda babalarından çok daha fazla şey bilir. Konu bilgisayarlar olduğunda, bırakın yeni numaralar yapmayı ne demek, onları öğrenebilmek bile sizin için büyük başarı olacaktır. Ama işte önce yapıp sonra da çocuğunuza öğretebileceğiniz basit bir eşek şakası.

Bilgisayarın faresini alın ve topuna ya da kırmızı optik alıcısına ufak bir parça bant yapıştırın. Çocuklarınız bilgisayar başına geçtiğinde şaşırıp kalacaklardır. Fare bağlıdır ama imleç hareket etmez. Endişeliymiş gibi görünüp, göz ucuyla ekrana baktıktan sonra, onlara ne yaptığınızı gösterin. Bu, çocukların arkadaşlarına da yapabilecekleri bir şakadır. Onlara bunu yapmalarını, hatta daha iyisi, dışarı çıkıp oynamalarını tavsiye edin. Evin içinde, bilgisayar başında harcamak için fazlasıyla güzel bir gün.

Şimdi, Lindsay Lohan'ın o resimleri nasıl bulunuyordu tanrı aşkına?

tüyo: *Biraz teknik terimlerle konuşmayı deneyin. Belki de sorun şant sürücüsündedir ya da siberonun fantrilillası diş yemiştir.*

"Ben delikanlıyken..."

Babanın hatıraları; şimdi yeni nesil için tam tadında sepya efektiyle.

ZORLUK DERECESİ

★★★☆☆

ARAÇ GEREÇ

Yok. Sadece kendi hatıralarınız ve oldukça basit bir teknik.

Nasıl yapılır

Birçoğumuz anne babamızın ya da büyükannemizle büyükbabamızın çocukluklarıyla ilgili anlattıkları hikayeleri hâlâ anımsarız: sabahın üçünde uyanıp, karda kışta, Yokuş yukarı okula yürümek sonra yine aynı biçimde eve dönmek; öğle yemeği niyetine bir parça içyağı tüketmek ve doğum günü hediyesi olarak alınan basit, düz bir taş. Mutluluk mu? Ahh o güzel günler!

Ama konu kendi hayatlarımız olduğunda, bizim hikayelerimiz genellikle bu kadar çarpıcı değilmiş gibi gelir. "Sadece bir tanecik Duran Duran tişörtün olsa bile..." diye gözlerini kocaman açmış çocuklarınıza anlattığınızı hayal edin, "haline şükrederdin." Tabi o da hatıralarınız arasından kayda değer bir anı bulabilirseniz eğer... Çoğumuz için, artık hepsi sadece ayırt edilemez bulanıklıkta bir yığından ibaret.

Merak etmeyin, sizin de hikayeleriniz var ve çocuklarınız onları inanılmaz bulacak. İşte profesyonel hikaye anlatıcısı Lorne Brown'dan yardımı dokunacak bir tavsiye. Dünya her ne kadar değişmiş olsa da, sizin bir zamanlar yaptığınız, çocuğunuzunsa şimdi yapmakta olduğu en az birşey var: okula gitmek. Bununla başlayın. Sizin bir haftanızı ve onların bir haftasını düşünün. Siz okula nasıl giderdiniz? Yürüyerek mi? Peki onlar nasıl gidiyor? Öğle yemeğinde ne yerdiniz? Hangi derslere çalışırdınız? Çocuklarınız şu anda nelere çalışıyor? Televizyon izlediğinizde ne izlerdiniz ve kaç kanal vardı? Nasıl kıyafetler giyerdiniz? Hangi kıyafetlere imrenirdiniz?

Devam ettikçe, sizin çocukluğunuzla onlarınki arasındaki pek çok değişikliği farketmeye başlayacaksınız. Hatıralarınız müthiş gözükmeyecek diye endişelenmeyin. Anlattığınız her şey onlar için tamamen yeni olacak, bunu aklınızdan çıkarmayın. "Biz okula yürüyerek giderdik", "Şişe suyumuz Yoktu, musluktan ne akıyorsa onu içerdik" ya da "Sushi mi? Ben senin yaşındayken bırak yemeyi, hayatımda çiğ balık bile görmemiştim" gibi görünüşte nötr yorumlar bile onların zihinlerinde, Mars'taki hayat kadar tuhaf bir dünya canlandıracaktır. Geriye dönüp baktığınızda farkına vardığınız, gençlikte çektiğiniz bu zorluklarla ilgili hikayeler, size çocuklarınızın gözünde yeni bir saygınlık kazandıracaktır.

tüyo: *Brown fazla abartmanın genelde gereksiz olduğunu söyler. Sizin dürüstçe anlattığınız şeyler onlara zaten o kadar ilginç gelecek ki, hikayelerinizi süslemeye ihtiyaç duymayacaksınız. Bununla beraber, biraz mübalağaya izin var; hatta faydasını da görürsünüz. Mesafelerden bahsederken, mümkün olan en yüksek rakamı kullanın. Kışın okula yürümekten bahsederken, gelmiş geçmiş en soğuk günün derecesini her gün öyleymiş gibi söyleyin. Paradan bahsederken, satın alınan bir şey için (mesela bir CD) ödenen en küçük meblağı zaten genelde ödenen fiyat buymuş gibi anlatın.*